KB059207

"그래! 우리가 우승하는 거야!
그리고 이 두 사람이 최고·최강
커플이란 것을 증명하는 거지.
이번 커플 그랑프리는
그것을 위한 싸움이야!"

있잖아, 우리
차라리 사귈까?

소꿉친구인 미소녀의 부탁을 받고 위장 남친이 되었습니다

후나미 카에데
카스카베를 사랑하는 청초한 미인. 문화제에서도 카스카베의 마음을 사로잡기 위해 노력한다.

나카소네 우라라
토이로의 친구. 잘 나가는 인싸인 시원시원한 성격의 날라리. 책임감이 강하기 때문에 부끄러워하면서도 성실하게 메이드복을 입어준다.

주인님의 기록, 계측합니다. 메이호쿠 메이드 기누스 기

쿠루미 토이로 토이로

실은 오타쿠인 인싸 톱클래스
소녀. 평소에는 할 수 없는 메이드
코스튬 플레이와, 마사이치의
아이디어인 '기누스 기록'
이벤트를 하게 돼서 신났다.

우야마 마유코

남의 연애 이야기를 좋아하는
활기찬 소녀. 점술도 좋아한다.
사루가야와 함께 커플
그랑프리에 참가하는 것에 온통
정신이 팔려 있다.

커버 그림, 본문 일러스트 | **시오 카즈노코**

contents

ne, mouisso tsukiattyau,
osananajimi noebisyoujyoni
tanomarete, kamohurakareshi
hajimemashita

'메이호쿠 축제' 학급 이벤트 제안!

사루가야가 분필을 휘두르자 칠판에는 그런 글자가 나타났다.

"자, 여러분! 모두가 기다리던 학교 축제입니다. 반 전체가 합심해서 분위기를 띄워보자!"

그러더니 사루가야는 교단에서 교실을 한 바퀴 둘러봤다.

11월. 가을이 깊어짐과 동시에 이 메이호쿠 고등학교에서는 묘하게 들뜬 분위기가 감돌기 시작했다. 무엇을 숨기랴, 그것은 이달 말에 학교 축제가 있기 때문이었다.

평소에는 수업을 듣는 학교 건물 안에서 펼쳐지는 단 이틀 동안의 비일상. 학교 행사에는 별로 관심이 없는 나조차도 그날만은 좀 의식하지 않을 수 없었다.

오늘은 우리 반이 학교 축제를 준비하는 첫날이었다. 방과 후 석양빛으로 물든 교실에 우리 반 학생들은 다 함께 남아서 '어떤 이벤트를 할까?' 하고 고민하고 있었다.

한 학급에서 한 명씩은 선출해야 하는 축제 준비 위원. 그 자리에 스스로 입후보해서 현재 우리 앞에 서 있는 사루가야는 충분히 의욕이 넘쳐 보였다.

이벤트라……

뭐, 딱히 의견도 없는 나로서는 그냥 우리 반 애들이 결정한 대로 따라갈 뿐이다. 가능하다면 최대한 손이 덜 가는 이벤트였으면 좋겠다. 방과 후 취미 활동 시간이 줄어드는 것은 사양하고 싶으니까.

그런 생각을 하면서 나는 지금 푹 빠져 있는 게임의 공략법으로 다시 사고의 방향을 돌리려고 했다. 그런데 그때 좀 신경 쓰이는 말이 귀에 들어왔다.

"자, 그래서 말인데. 오늘은 우리 다 함께 1학년 1반이 할 이벤트를 생각해보자. 어때, 뭔가 아이디어는 있어? 없으면 축제 준비 위원으로서 내가 제안을 해보고 싶은데."

고개를 들어 쳐다봤더니, 사루가야가 살짝 입꼬리를 끌어올리면서 또다시 우리를 둘러보고 있었다.

이 녀석…… 무슨 꿍꿍이가 있구나……?

저놈은 사루가야다. 십중팔구 변태 같은 이벤트를 생각하고 있을 것이다.

게다가 나는 왠지 이 스토리 전개를 알 것 같았다. 라이트노벨이나 만화 같은 데서 본 적이 있는 것이다. 학교 축제 편에서 학급의 참가 이벤트 내용을 정할 때 남자들이 결탁해서 메이드 카페를 만들자고 했다가 여자들의 빈축을 사는 스토리. 운 좋게 다수결로 승리하더라도, 실제 축제에서는 남자들이 코스튬 플레이를 하게 되는 결말까지가 한 세트다.

아무튼 사루가야는 나와 같은 애니메이션을 좋아하는 녀석이다.

어째서 축제 준비 위원으로 입후보했느냐고 물어봤더니.

『응? 이유야 뻔하지. 이 청춘의 일대 이벤트를 전력으로 즐기기 위해서야.』

사루가야는 그렇게 멀쩡한 말을 했지만, 속으로는 무슨 생각을 했는지 알 수 없는 노릇이다. 그저 회의를 유리한 방향으로 끌고 나갈 권력을 가지고 싶었던 게 아닐까.

아니나 다를까 사루가야는 우리한테 의견을 묻더니, 생각할 시간도 주지 않고 얼른 입을 움직였다.

"그러니까. 체육복 초밥집은 어때?"

그 순간. 실내의 공기가 순간 냉각이 된 것처럼 지독한 한기를 느꼈다.

대충 메이드 카페 같은 것이 나올 줄 알았는데. 완전히 상상 이하였다. 저게 도대체 무슨 단어의 조합인가…….

대놓고 야유하는 여자도 없었다. 보통 이런 상황에서는 환호하면서 단결하는 남자들조차도 약간 질린 눈치였다. 사루가야와 함께 우리 반 여학생들한테 경멸당하려고 나설 정도로 용감한 사람은 없었다.

"내가 자세히 설명해줄게."

아무도 물어보지 않았는데 사루가야가 알아서 이야기하

기 시작했다.

"우선 고등학교 축제란 것은 특별하잖아? 학생밖에 못 하는 일을 해보자고 생각한 거야. 그래서 학교 체육복이 등 장한 거지. 듣자니 이 체육복이란 것은, 어른이 되면 좀처 럼 현실 세계에서는 볼 수 없는 물건인 모양이야. 어쩌다 접하게 되더라도 기본적으로는 가짜 체육복이고. 그러니까 손님 여러분에게, 그리고 또 앞으로 어른이 될 남자 고등학 생들에게 최고의 추억을 선물해주자는 거야. 어때?"

"……자, 잘 이해가 안 가는데, 그 초밥집이란 것은 뭐야?"

교실 앞쪽에 앉아 있는 성실한 남학생——반장인 스즈 키가 손을 들고 조심스럽게 질문을 했다.

"아주 좋은 질문이야. 이것은 매출이란 측면에서 학교 축제에 공헌하는 것——여기서 좋은 수치를 보여줘서 학 급 이벤트 최우수상을 노린다는 작전이야. 이왕 할 거면 최고의 상을 받고 싶지 않아?"

"초밥을 팔면 매출이 늘어?"

"그야 물론이지. 볶음면을 하나 팔아서 몇백 엔 번다? 그 런 시시한 장사가 아니야. 한번 가게에 들어오면 몇 개, 아 니, 몇십 개나 되는 접시를 쌓으면서 먹는 게 초밥이잖아? 게다가 가격도 우리가 정한 가격이 먹힐 가능성이 높아. 메 뉴판에 '시가'라고 적혀 있을 때는 일반인인 나 같은 놈은 가게 앞에 얼씬도 못 하지만——그 점을 이용하는 거야.

우리한테는 우수한 전문가들이 있잖아? 여고생이 부드러운 손으로 쥐어서 갓 만들어낸 초밥. 여자애가 오직 이 시기에만 만들어낼 수 있는 초밥에는 대체 얼마나 되는 가격이 붙는 걸까. 그래, 그것이야말로 시가가 아닐까?"

"……그러니까 간단히 말하자면, '여고생이 만들었다'는 부가 가치를 더한 초밥을, 주로 외부에서 온 손님이나 보호자 남성에게 판매해서 이익을 얻는다는 거지?"

"응, 이해력이 좋아서 다행이야. 정확히 말하자면 '체육복을 입은 여고생이 만들었다'고 해야 하지만."

그러자 스즈키는 도움을 청하는 것처럼 같은 반 친구들을 돌아봤다.

"그, 그런 짓을, 해도 될 리가 없잖아요——?"

스즈키의 뒤에 앉아 있는 여자가 손도 안 들고 그렇게 말했다. 그 얼굴의 방향을 보니 사루가야가 아니라, 출입구 근처에서 상황을 지켜보고 있던 담임인 남자 체육 교사 ——마스츠루 선생님에게 물어보는 것 같았다.

"선생님! 어때요? 선생님이라면 이해해주실 거라고 믿어요!"

아무리 그래도 이 경우에는 사루가야가 너무 불리해 보였다. 내가 그런 생각을 하고 있는데, 흰색 폴로셔츠를 입은 마스츠루 선생님이 굵은 팔로 팔짱을 끼면서 입을 열었다.

"네모토, 학교 축제에서 날것을 제공하는 것은 금지다."

"헉, 그게 문제였나!"

아쉽다는 듯이 소리를 지르는 사루가야.

정말로 '그게 문제였어?!'란 생각이 들었다. 선생님, 진짜로 그 부분만 지적해도 되는 거예요?!

"기본적으로는 너희들에게 맡기겠지만, 그래도 규칙은 지켜야지."

그런데 내 생각과는 상관없이 마스츠루 선생님은 혼자 납득한 것처럼 고개를 끄덕거리고 있었다.

아니 선생님, 그러면 안 되죠. 자주성을 인정하는 것은 좋지만, 애초에 취향이 너무 특이한 학생이 있다는 사실도 기억해주세요.

"어휴, 그럼 초밥은 포기할 수밖에 없겠네. 체육복과 무엇을 합치면 좋을까? 혹시 좋은 아이디어 있어?"

그러더니 다시 교실을 둘러보는 사루가야. 체육복은 포기하지 않는구나…….

그런데 이 반의 학생들도 이미 반년이 넘게 사루가야와 같은 반에서 어울려 지낸 경험이 있었다. 다들 사루가야를 다루는 방법은 알고 있었다. 이럴 때는 기본적으로 투명 인간 취급을 하는 것이다.

"선배님한테 들었는데, 작년에는 귀신의 집이 너무 인기 있어서 다섯 개도 넘었대." "진짜?! 그 정도면 유령 마을이잖아." "작년에 최우수상을 받은 이벤트는 뭐였대?"

"어, 무슨 패션쇼를 한 것 같던데? 체육관에 런웨이를 만들어서 유행하는 옷을 입고 걸어 다녔대. 남장, 여장하고."

"아, 그거 엄청나게 호평이었다고 들었어."

그렇게 다들 조금씩 떠들기 시작했다.

"저기, 이왕이면 준비하기 어렵지 않은 게 좋은데. 이제 곧 대회라서 동아리 활동을 하느라 바쁘거든."

이 반의 리더 격인 축구부 남자애가 그렇게 말하자, "맞아ㅡ!" "나도 아르바이트를 해서 시간이 없어" 하고 동의하는 발언이 나왔다.

하기야 취미 활동 시간을 빼앗기고 싶진 않으니까. 나도 같은 의견이야. 속으로 그렇게 생각하고 있는데, 이 반 학생 중에서는 비교적 귀에 익은 목소리가 교실에 울려 퍼졌다.

"난 말이지ㅡ, 축제 당일에 자유롭게 지낼 수 있는 이벤트가 좋은데."

크지는 않지만 선명하게 들리는 목소리였다. 가까이 있는 친구와 이야기를 나누던 녀석들도 대화를 중단하고 그 여학생 쪽을 돌아봤다.

공기 속에 낭랑하게 침투하는 멋진 음색이었지만, 그게 오히려 주위에 묘한 긴장감을 주는 효과도 있는 듯했다.

목소리의 주인인 나카소네도 그런 분위기를 의도하지는 않았던 모양이다. 팔짱을 끼면서도 약간 멋쩍은 듯이 눈동자를 옆으로 굴리고 있었다.

"아, 맞아—, 다른 반은 어떤 이벤트를 하는지도 구경하러 다니고 싶잖아—?"

토이로가 그렇게 한마디 거들어줬다.

"응, 내 말이 그거야!"

나카소네는 얼른 동조했다. 그러자 교실 전체의 긴장이 확 풀렸다. 또다시 다들 조금씩 학급 이벤트에 관해 이야기하는 소리가 들리기 시작했다.

그나저나.

준비에 시간을 빼앗기고 싶지 않은 사람과, 축제 당일에 구속당하고 싶지 않은 사람. 그렇게 두 개의 파벌이 존재하는 것이 확연히 드러났다. 학교 축제를 위해 일치단결하는 분위기는 아닌 것 같았다. 물론 그 심정은 이해하지만……

맨 처음에는 의욕이 넘쳤던 사루가야도 이제는 턱을 만지작거리면서 생각에 잠긴 것처럼 보였다.

"아— 저기, 그러면! 일단 아이디어를 자유롭게 내놓은 다음에 다수결로 정하는 거야?"

회의를 진행하기 위해서 복도 쪽 자리에 앉아 있는 마유코가 손을 번쩍 들고 말했다.

"그러네. 민주주의는 중요하지. 그럼 우선 너희들이 아이디어를 내줬으면 좋겠는데——."

사루가야의 한마디에 교실 안이 한층 더 시끄러워졌다.

민주주의의 다수결. 나는 진심으로 찬성한다. 딱히 의견이 없으므로, 다수가 지지하는 결과에 안주하면 그만이니까 편해서 좋은 것이다. 그 대신 절대로 불평은 하지 않는다. 남한테 이것저것 선택하는 일을 떠맡겼으니 거기에 간섭할 자격은 없다. 그 점을 잘 이해하고 있다.

학생들이 적당한 아이디어를 몇 개 내놓은 다음에 다수결. 대충 절차는 정해졌다.

그래서 나는 다시 게임 공략법을 생각해보기로 했다. 그 생각에 집중하려고 책상 위로 시선을 떨어뜨렸다. 그런데 그때.

"좋아, 그럼 마사이치. 뭔가 괜찮은 아이디어는 없어?"

그렇게 내 이름을 부르는 목소리가 귀에 꽂혔다.

나는 당황하여 고개를 번쩍 들었다. 그와 동시에 주위의 시선이 나에게 집중되는 것을 느꼈다. 목소리의 주인——사루가야를 봤더니, 그 녀석은 이쪽을 향해 입꼬리를 올리면서 히죽 웃고 있었다.

"……나?"

혹시나 하고 물어봤다.

"응, 당연히 너. 네 특기잖아? 에너지 절약형 아이디어를 생각해내는 거."

"아니, 그건 아닌데……."

남들 앞에서 그런 말을 한 적도 없고, 특별히 실적을 남

17

긴 적도 없다. 단지 내가 기본적으로 귀찮은 일은 피하는 타입이니까, 그걸 아는 사루가야가 나에게 말을 건 것이리라.

사루가야는 계속 이쪽을 보고 있었다. 내 대답을 기다리는 것 같았다.

하지만 갑자기 그런 아이디어를 내놓으라고 요구하셔도 말이죠. 아무것도 생각이 안 나는데…….

이 상황을 어떻게 넘길까. 내가 약간 초조해하면서 머리를 굴리고 있는데, 문득 대각선 앞자리에서 유난히 강한 시선이 느껴졌다.

힐끗 봤더니 책상 세 개만큼 떨어진 자리에서 토이로가 가만히 이쪽을 쳐다보고 있었다. 왠지 걱정스러운 표정이었다.

나는 휴 하고 몰래 심호흡을 했다. 걱정하지 마. 토이로와 한순간 아이 콘택트를 하면서 그런 뜻을 전달했다.

여기서는 토이로의 남자 친구(임시)로서도 훌륭한 모습을 보여줘야 한다——.

"기록…… 메이호쿠 기누스 기록. 그런 이벤트는 어때?"

나는 퍼뜩 떠오른 아이디어를 머릿속에서 정리하면서 이야기했다.

"기누스? 아, 온갖 분야의 세계 최고 기록을 측정하는 그거? ……메이호쿠 기누스?"

"응, 그거 말이야. 그 기누스. 실제 기누스 기록이 있는 종목도 좋고, 우리가 생각해낸 종목도 좋고. 그런 것을 교실 안에 설치해서 기록을 측정하는 거야. 그래서 최고 기록을 게시해놓고 계속 바꾸는 거지. 그러다가 학교 축제가 끝났을 때 각 종목의 기록 보유자를 표창하고 상품을 주는 거야. 실제 기누스 기록이 있는 종목이라면 진짜 기록도 적어놓고, 그 기록 경신에 한번 도전해보라고 하면 분위기도 달아오르지 않을까."

"오호."

사루가야가 맞장구를 쳐줬다. 나는 이야기를 계속했다.

"이러면 준비하기는 쉬울 거야. 적당한 종목을 생각하고 거기에 필요한 도구만 준비하면 되니까. 그리고 축제 전날 장소를 세팅하고. 당일에도 접수원과 각 종목의 당번 한 명씩만 자리를 지키면, 나머지 애들은 자유롭게 돌아다닐 수 있을 거야."

이번에는 교실 곳곳에서 "아하—" "오!" 하고 반응하는 소리가 들려왔다. 인상이 나쁘진 않은가 보다. 아니, 오히려……

"꽤 좋지 않아?" "응, 괜찮네." "순수하게 재미있을 것 같은데?" "확실히 고생은 덜하겠다."

상당히 긍정적인 감상들이 귀에 들어왔다.

"제법 훌륭한 아이디어잖아?"

그렇게 말하더니 사루가야는 '메이호쿠 기누스 기록'이

라고 칠판에 적었다.

……잠깐만. 이렇게 반응이 좋으면 이야기가 좀 달라지는데. 혹시나 이대로 이 의견이 통과되기라도 한다면…….

내가 걱정스럽게 지켜보는 가운데 다른 학생들도 몇 가지 의견을 내놓기 시작했다.

실내 유원지나 휴대폰을 이용한 차세대 미술관 등등, 재미있을 것 같은 아이디어도 몇 개 있었는데…….

"다수결의 결과——1학년 1반이 올해 학교 축제에서 할 학급 이벤트는 메이호쿠 기누스 기록으로 결정됐습니다! 애들아, 다 함께 열심히 하자? 그리고 제안자인 마사이치는 이벤트 준비를 도와줘. 알았지?"

재미있어 보여서 그런지, 아니면 준비가 쉽고 당일에도 편하다는 점이 높은 평가를 받았는지. 내 아이디어가 가장 많은 표를 받고 말았다.

그리고 당장 사루가야가 나한테 협력을 요청하셨다.

같은 반 친구들 전원이 지켜보는 자리에서 그걸 거절할 수도 없으니…….

내가 내놓은 아이디어가 채택되어버린 이상, 말을 꺼낸 사람으로서 내가 적극적으로 학교 축제 준비에 참여해야만 하는 분위기가 형성되는 것은 자명한 이치였다. 실제로 강제력은 없지만, 보이지 않는 책임을 짊어지게 된 듯한 기분이었다.

젠장. 역시 버려질 게 뻔한 아이디어나 적당히 내놓을 걸 그랬나. 이러면 내 취미 활동 시간이…….

그런 생각을 하면서 나는 남몰래 어깨를 늘어뜨렸다.

그런데 또다시 대각선 앞에서 시선이 느껴졌다.

고개를 들었더니, 이쪽을 보고 있는 토이로와 눈이 마주쳤다. 토이로는 눈을 크게 떴다. 그리고 웃으면서 살짝 '잘했어!' 하고 응원하는 포즈를 취했다.

마음이 좀 가벼워졌다.

——뭐, 이것도 괜찮나. 여자 친구가 기뻐한다면…….

틀림없이 토이로도 준비를 도와줄 테니까. 이러니저러니 해도 그 시간은 즐거운 시간이 될 것이다.

"좋아, 그럼 내일 방과 후부터 준비를 시작한다! 그 외에도 실행 위원으로서 학교 전체 규모로 이것저것 생각하고 있으니까. 올해 메이호쿠 축제는 틀림없이 성공할 거야! 기대해!"

그렇게 사루가야가 이야기를 마무리함으로써 회의는 끝났다.

모두 각자 방과 후의 시간을 보내려고 자리에서 일어났다.

평소보다는 늦은 해산. 그때 문득 나는 마음이 몽글몽글해지면서 설레는 것을 느꼈다.

중학교 때는 느껴보지 못한 감각이었다.

스스로 생각해봐도 의외인데, 어쩌면 나도 이 비일상적

인 느낌에 영향을 받아서 조금 들떠 있는 걸지도 모른다.

이 학교 축제, 학급 이벤트, 반드시 성공시키겠어! 하는 엄청난 기개는 없지만, 그래도 적당히 즐길 수 있었으면 좋겠다.

자리에서 일어나 친구와 이야기를 나누는 토이로의 뒷모습을 바라보면서 나는 막연히 그런 생각을 했다.

"와—, 정말 당황했지? 갑자기 지목을 당해서 아이디어를 발표하다니."

"그래, 진짜 생각도 못 했어. 심지어 그 아이디어가 그대로 채용될 줄은……."

이벤트 결정 회의가 끝난 후 집으로 돌아가는 길.

교문을 나서자마자 토이로가 당장 아까 그 이야기를 꺼냈다. 주위에는 나와 토이로 외에는 아무도 없어서 거리낌 없이 이야기를 할 수 있었다.

"그만큼 좋은 아이디어였던 거야. 그 짧은 시간 내에 용케 그런 생각을 해냈구나?"

"음, 어……."

"학교 축제에 시간을 투자할 수 없는 사람들도 배려하면서, 다른 반과는 겹치지 않을 것 같은 의외성 있는 아이디어. 축제 당일에 분위기도 띄울 수 있을 것 같고——정말 만점이었어. 다른 반 애들도 깜짝 놀라지 않을까?"

"에이, 아냐. 칭찬이 너무 심하네."

그래도 기분이 나쁘진 않지만.

"다른 애들도 이제 슬슬 마사이치의 숨겨진 재능을 눈치

챌 거야. 1반을 뒤에서 지배하는 배후자의 정체를——."

"이게 무슨 두뇌 싸움 애니메이션이야?!"

내가 그렇게 대꾸하자 토이로는 아하하 하고 웃었다. 나도 앞을 보고 걸으면서 덩달아 후훗 하고 바람 빠지듯이 웃었다.

요새는 등하교 시간에는 쌀쌀하다고 느끼게 되었다. 지난달 말에 태풍이 온 다음부터 하루하루 기온이 뚝뚝 떨어지고 있었다. 평소보다 해가 낮게 내려온 시간대에 귀가하게 돼서 그런 걸까. 오늘은 특히 불어오는 바람이 차갑게 느껴졌다.

그런데 그 추위에도 지지 않고 내 옆에서 기분 좋게 폴짝폴짝 뛰듯이 걷고 있는 토이로. 블레이저 재킷의 소맷부리에서는 손을 반쯤 감추듯이 흰색 카디건 소매가 살짝 튀어나와 있었다.

"실은 내가 기누스 아이디어를 떠올린 것은, 너하고도 상관이 있어. 토이로."

내가 그렇게 말하자 토이로는 이쪽을 돌아보면서 눈을 깜빡거렸다.

"어, 나?"

"응. 사루가야한테 지목을 당했을 때 나는 요새 하는 게임을 생각하고 있었거든. 알지? 절벽을 올라가는 게임."

"아―, 응, 알지! 실은 오늘도 그거 하자고 할 생각이었는데!"

그것은 어떤 RPG 안에서 플레이할 수 있는 미니 게임이다. 게임 캐릭터로 가파른 절벽을 올라가면서 등반 속도를 겨루는 단순한 내용이다. 그런데 그 퀄리티가 워낙 좋아서 거기에 푹 빠진 사람들이 전 세계에 속출. 공략 동영상이 올라와도 또 다음 날에는 새로운 수법이 고안돼서 자꾸만 기록이 경신되는 현상이 연일 계속되고 있었다. 바로 한 시간 전에도 누군가가 가장 빠른 신기록을 냈다는 증거 사진이 SNS를 통해 퍼지기도 했다.

틀림없이 일시적인 유행이라 다들 금방 질려버릴 테지만……

지금은 나와 토이로는 그 게임에 푹 빠져서 잠자는 시간도 아껴가면서 공략법을 생각하고 있었다.

"응, 집에 가면 하자! 아, 아니, 그래서. 그 공략법——세계 기록을 갈아치울 방법을 생각하고 있었는데, 그때 사루가야가 나를 불렀던 거야."

"아, 아하! 그랬구나! 세계 기록이 기누스 기록이니까?"

토이로가 짝! 하고 손뼉을 치면서 말했다.

물론 기록이란 점에서 연상했을지도 모르지만…… 실상은 좀 달랐다.

"아니, 그보다는…… 이런 이벤트라면 너도 즐겁게 놀 수 있을 것 같아서."

"뭐?"

"게임에서 기록을 경신하려고 우리가 같이 이것저것 하면서 용을 쓸 때, 넌 언제나 즐거워 보였으니까——."

순간적으로 나는 '뭔가 기록을 낼 만한 이벤트는 없을까?' 하고 생각했다. 그러면 토이로와 나도 이벤트를 준비할 때 도전해보면서 즐길 수 있을지도 모르니까. 그래서 기누스 세계 기록에 도전한다는 아이디어가 떠올랐다. 다만 그것만으로는 정식 이벤트로서는 뭔가 부족한 것 같아서, 실제 기누스 기록 이외의 종목도 창작하고, 상품도 준비한다든가 하는 여러 가지 아이디어를 종합해서 발표한 것이다.

"그건……."

토이로는 깜짝 놀랐는지 눈을 크게 떴다. 그러다가 곧 빙그레 웃더니 내 허리를 퍽! 하고 힘차게 때렸다.

"좋아! 그럼 얼른 집에 가서 무슨 종목을 만들지 생각해보자! 작전 회의를 하는 거야!"

"으, 응. 어? 저기, 게임은?"

"그건 나중에 하면 돼! 마사이치, 네가 모처럼 나——여자 친구를 위해서 그런 제안을 해줬잖아? 그러니까 나도 그 마음에 보답해야지!"

"같이 생각해준다면 정말 고맙긴 한데……."

"응, 그럼 할 일은 정해졌고! 어서 집에 가자! 뛰어가자!"

"뛰, 뛴다고?! 야, 야! 잠깐만!"

내 만류에도 아랑곳하지 않고 토이로는 후다닥 내 앞으로 뛰쳐나가더니 에헤헤 하고 웃었다. 기뻐하는 것처럼 가늘어진 눈, 약간 달아오른 것처럼 붉어진 뺨.

'메이호쿠 기누스 기록'이란 제안이 가장 적중해주기를 바랐던 부분에 적중한 것 같아서 나는 만족했다.

"너무 서두르지 마. 괜히 지친다."

나도 저절로 신이 나서 토이로 옆에 나란히 서려고 크게 걸음을 뗐다.

*

나와 토이로는 일단 각자 집에 가서 저녁밥을 먹은 다음에 내 방에 모였다. 둘 다 실내복으로 갈아입은 상태였다.

"좋은 아이디어를 열 개 생각해낼 때까지 집에 못 갑니다!"

"아니, 여기가 집이잖아."

어차피 토이로도 내 방에 자기 짐을 잔뜩 놔뒀으니까 아마 집에 돌아가지 않아도 문제는 없을 것이다.

우선 기존의 기록이 뭐가 있는지 알아보자. 나는 컴퓨터를 쓰고 토이로는 휴대폰을 써서 조사하기 시작했다.

"티셔츠를 260개 겹쳐 입기, 머리 위에 두루마리 휴지를 12개 쌓아 올리고 30초 버티기, 1분 동안 박치기로 변기를

46개 깨기……."

토이로가 중얼중얼 소리 내어 글을 읽었다.

"그것 참, 뭐랄까……."

"그냥 솔직하게 말하자면————어, 뭐랄까……."

"뜸을 엄청 오래 들이네?! 아무튼, 응. 정말로 뭐랄까, 좀…… 그렇지?"

우리 둘 다 상대가 하고 싶은 말을 직감적으로 이해했다. 기누스 기록이란 것은 상상했던 것보다 더 이상한…… 뭔가 시시한 것들이 많았다.

"이 기록을 가지고 있는 사람들이 이것을 자랑하면서 긍지를 가지고 살아간다는 게 재미있네"라고 토이로가 말했다.

"뭐, 어쨌든 세계 기록이니까. 난 그런 거 좋아해."

"나도 좋아해. 나도 '세계 최고로 오래 변기에 앉아 있었던 여자'라는 칭호를 가지고 살아가고 싶어!"

"그런 기누스 기록도 있어……?"

"숨바꼭질에서 가장 오래 숨어 있었던 기록도 있는데?"

"그건 네가 잘할 것 같다."

어린 시절에 토이로와 둘이서 숨바꼭질을 했을 때, 토이로를 죽어도 찾을 수 없어서 포기할 뻔했던 기억이 되살아났다. 혹시 그 기누스 기록에서도 모두 포기하고 집에 돌아가 버린 게 아닐까?

"저기, 있잖아. 뭔가 도전해보자!"

토이로가 그렇게 말해서 나는 "응" 하고 고개를 끄덕였다.

우리는 당장 여기서 도전해볼 수 있는 종목을 찾기 시작했다. 이 방에서 도전할 수 있는 종목은, 아마도 학교 축제의 교실 이벤트에서도 활용할 수 있을 것이다. 그래서 '이거다!' 싶은 것을 골라놓기로 했다.

"1분 동안 연필을 몇 자루 세울 수 있느냐. 1분 동안 얼굴에 포스트잇을 몇 장 붙일 수 있느냐. 1분 동안 얼굴 위에 겹치지 않도록 몇 개의 동전을 올릴 수 있느냐……."

"포스트잇은 있어!"

토이로가 얍 하고 일어나더니 내 책상 서랍을 열었다. 필기도구, 노트, 가위, 컴퍼스 등이 잡다하게 널려 있는 서랍 속에서 노란색 포스트잇을 찾아 꺼냈다. 정사각형 포스트잇이었다.

"여기 있는 걸 용케 알았구나."

"후후후. 저는 다 알고 있거든요."

예전에 펜을 빌리려다가 언뜻 봤지~란 말을 덧붙이면서 토이로는 좌식 테이블 앞으로 이동했다.

"해보려고?"

"당연하지! 마사이치, 시간 재줄래?"

"오케이. 아, 그런데 잠깐만. 정확한 규칙을 확인해볼게."

나는 브라우저 검색창에 재빨리 글자를 입력했다. 그동안 토이로는 실내용 트레이닝복의 소매를 걷어붙이고 있었다.

"포스트잇은 잡기 편하게 미리 떼서 탁자에 붙여놓는다. 양손을 사용해도 된다. 종료 후 10초 동안 가만히 있다가, 떨어지지 않은 포스트잇의 수를 센다."

"세계 기록은?"

"60장."

"좋아! 자, 토이로 님만 믿어!"

앞머리를 확 치우면서 의욕을 보이는 토이로. 나는 휴대폰의 스톱워치를 켜서 1분으로 설정했다. 토이로는 좌식 테이블에 포스트잇을 붙이는 준비 작업을 마치더니 한 번 눈을 감고 심호흡을 했다.

그렇게 집중력을 높인 뒤——눈을 부릅떴다.

"한다!"

"시—작!"

토이로의 신호에 맞춰 나는 스톱워치의 스타트 마크를 눌렀다. 토이로가 기세 좋게 포스트잇을 얼굴에 붙이기 시작했다.

우선 뺨, 그다음은 관자놀이, 머리카락을 확 걷어 올려서 드러난 이마. 그렇게 순서대로 붙여 나갔다. 포스트잇 자체가 커서 금방 얼굴이 노란색 종이로 꽉 차버렸다.

"안 돼! 좀 더 세세하게 나눠 붙이지 않으면 공간이 부족해지잖아."

"아, 알았어."

"코가 비었어! 앗, 오른쪽 뺨의 종이가 떨어졌어!"

"알았어!"

포스트잇으로 시야가 좁아진 토이로에게 나는 그것을 붙일 장소를 지시해줬다.

"다음은 미간."

"응, 흥……."

입을 움직이면 포스트잇이 떨어지나 보다. 토이로는 입술 틈새로 힘겹게 말했다. 그리고 포스트잇이 떨어지는 것을 방지하려고 고개를 좀 위로 들어 올렸다.

"토이로! 입술에도 붙일 수 있잖아?"

내가 그렇게 말하자 토이로는 입술을 내밀었다.

포스트잇을 얼굴에 잔뜩 붙이고 문어처럼 입을 뾰족하게 내밀었는데, 표정은 또 너무나 진지했다. 콧김 때문에 포스트잇이 들썩들썩 움직이고 있었다.

그 이상한 모습을 보고 나는 무심코 후훗 하고 웃음을 터뜨렸다.

그러자 토이로도 실은 꾹 참고 있었는지, 큭큭큭 하고 어깨를 흔들며 웃기 시작했다.

"야, 아햐이히! 흐하내, 우히 마아."

야, 마사이치! 그만해, 웃지 마! 그런 뜻이었다. 그 말투도 웃겨서 저절로 웃음이 나올 것 같았다. 나는 얼굴을 휙

반대쪽으로 돌렸다. 한편 토이로도 전염된 웃음을 참느라 애쓰고 있었다. 얼굴 근육이 씰룩씰룩 조금씩 움직이는 바람에 포스트잇이 또 떨어졌다.

그때 부웅— 부웅— 하고 휴대폰이 진동하면서 1분이 지났음을 알려줬다. 정말로 눈 깜짝할 사이였다.

"토, 토이로, 10초 동안 가만히 있어."

정해진 시간 동안 기다렸다가 내가 포스트잇을 떼어주기 시작했다.

"하나, 둘, 셋, 넷……."

눈을 감은 토이로의 얼굴에서 포스트잇을 한 장씩 떼어냈다. 스티커의 끈끈한 접착력에서 점점 벗어날수록 토이로의 긴장된 표정도 점차 부드러워졌다.

"스물다섯, 스물여섯, 스물일곱……."

"……스물일곱?"

토이로가 살짝 실눈을 떴다.

"어? 이걸로 끝이야?"

"응. 네 기록은 스물일곱이야."

"전혀 게임이 안 되는데?!"

토이로는 놀란 표정을 짓더니 테이블 위에 축 늘어지듯이 엎드렸다. 그리고 그 자세 그대로 후후후 하고 또 웃기 시작했다.

"아―, 마사이치. 네가 웃겨서 그래."

"미안. 아니, 그런데 네가 진지하게 웃기는 표정을 지었잖아."

"내가 진지하게 웃기는 표정을 지었어?! 그런 말을 들으니까 좀 부끄러운데."

좀 전의 얼굴을 떠올리자 또다시 웃음이 터질 뻔했지만, 나는 그것을 꾹 참았다.

"아아—, 포스트잇 마스터라는 칭호가……."

"진짜로 그 칭호를 갖고 싶었던 거야?"

"으음……. 하는 수 없지. 포스트잇 마스터란 지위는 메이호쿠 축제에 온 사람들끼리 싸워서 차지하라고 하고, 나는 포스트잇이 잘 어울리는 여자로 만족하겠어."

그러더니 토이로는 좌식 테이블에 턱을 댄 채 포스트잇 한 장을 이마에 찰싹 붙이고 나한테 보여줬다.

냉정하게 생각해본다면 토이로는 비교적 얼굴이 작은 편이니까 이런 경기에서는 불리했다. 진심으로 기록을 달성하고 싶었다면 내가 도전하는 게 나았을지도 모른다.

"그런데 학교 축제에서 이걸 하면, 포스트잇 낭비가 좀 심하려나……."

토이로는 기록에 도전하는 와중에도 학교 축제까지 진지하게 생각하고 있는 것 같았다.

하기야 이것은 축제 종목으로 채용하긴 어려울지도 모른다. 그래도 그 문제점을 알게 된 것 자체가 큰 성과였다.

토이로는 생각에 잠긴 채 턱에 손가락을 대더니——"어휴, 앞이 안 보여!" 하고 이마의 포스트잇을 떼서 버렸다.

"저기, 있잖아. 이번에는 둘이서 하는 종목에 도전해보지 않을래?"

그러면서 토이로가 몸을 일으켰다.

"아, 그러게. 둘이서 할 수 있는 종목도 봤어. 마시멜로 캐치 같은 거."

"응, 응. 그런 거! 우리의 콤비네이션 플레이라면 세계 기록도 쉽게 경신할 수 있을 거야! 그런데 문제는 마시멜로가 없다는 거네——."

토이로는 다시 휴대폰을 만지작거리면서 도전할 만한 기누스 종목을 찾기 시작했다. 나도 또 컴퓨터를 향해 몸을 돌렸다. 좋은 종목이 없을까? 하고 한동안 인터넷의 정보를 뒤지다가——문득 뒤쪽이 조용해진 것을 눈치챘다.

뒤를 돌아보니, 휴대폰 화면을 뚫어져라, 보고 있는 토이로의 모습이…….

"뭐 해?"

내가 물어보자 토이로는 고개를 번쩍 들었다. 한순간 입을 오물거리더니, 침을 한 번 꿀꺽 삼키고 나서 휴대폰을 이쪽으로 들어 보여줬다.

"이, 이거 봐! 우리가 도전해야 할 기누스 기록이 나왔어."

뭔데? 나는 몸을 앞으로 기울이면서 그 화면에 얼굴을

가까이 들이댔다.

"포옹, 챌린지……?"

"응!"

토이로는 크게 고개를 끄덕였다.

"말 그대로 서로 끌어안은 시간으로 경쟁하는 거야."

보니까 그것은 '애인끼리 도전할 만한 기누스 기록'이란 기사인 듯했다.

"그 외에도 키스 챌린지, 수갑 연결 챌린지 같은 것이 있나 본데. 그런 것은 아직은 좀, 그렇잖아?" 하고 토이로가 말을 이었다.

키스, 그리고…… 수갑?! 그것은 뭐랄까, 난이도 레벨이 100레벨쯤 되는 느낌이었다.

그에 비하면 포옹 정도는 별것 아니란 기분이——.

"……아니, 잠깐만. 포옹이라고?!"

역시나 나는 소리를 지르지 않을 수 없었다.

"예스! 애인인 척하는 우리가 꼭 해야 하는 챌린지야, 안 그래?!"

토이로는 신이 났는지 활기찬 목소리로 말했다.

"포옹……."

"어머나~? 마사이치 군. 왜, 부끄러워서 그래?"

히죽히죽 웃으면서 내 얼굴을 들여다보는 토이로.

"아, 아니거든. 어차피 그거잖아? 연인 작업. 아니야?"

"아하하, 잘 아네?"

"너랑 오래 사귀었으니까."

내가 그렇게 말하자 토이로는 다시 한번 으하하 하고 웃었다. 그 웃는 얼굴을 보니까 나도 모르게 즐거워졌다.

"기록은 몇 분이야? 몇 시간?"

"하루하고도 2시간 26분."

"단위 자체가 다르잖아?!"

"참고로 키스는 58시간 35분."

"뭐야, 고행이야?"

깨달음의 문이라도 열려는 건가? 아니면 불면불휴의 철인 기누스 기록을 착각한 게……

"와―. 오늘은 이걸로 밤새우겠네."

"아니, 잠깐만. 준비가 너무 부족해. 애초에 내일은 학교 가는 날이잖아?"

"에이, 뭐야―. 그럼 일단 시도만 해볼래?"

토이로는 그렇게 말하더니 일어났다.

"일어서서 하는 거야?"

"그런 것 같아."

한 발 이쪽으로 다가온 토이로가 양팔을 벌렸다.

"자, 응?"

토이로가 짧게 재촉하듯이 말했다. 그래서 나도 자리에서 일어났다.

괜찮은, 거겠지……?

머뭇머뭇 팔을 벌려 토이로의 몸을 자기 쪽으로 끌어당겼다.

"……왠지 모르게 말이지. 연인들의 의식 같지 않아?"

"아──."

토이로의 말뜻이 무엇인지 대충 알 것 같았다. 평소의 연인 작업에 비하면 어쩐지 이 행위는 매우 신성한 행위처럼 느껴졌다.

"괜찮아. 그 의식, 거행해도 돼."

"참 희한한 방식으로 유혹하는구나."

토이로 나름대로 긴장을 푸는 방법일지도 모른다. 나는 가볍게 웃었다. 그리고 편안하게 힘을 빼면서 내 품에 쏙 들어온 토이로를 천천히 다정하게 끌어안았다.

──그 순간, 부드럽게 일렁이는 불빛에 감싸인 정경이 뇌리에 떠올랐다.

아, 이거다……란 생각이 들었다.

폭신하고 부드러웠다. 옷감 너머로도 그 몸이 얼마나 날씬한지 알 수 있었다. 머리에서 달콤한 향기가 났다. 그리고 가슴도 닿았고…….

너무 세게 끌어안으면 부서질 것 같지만, 그래도 좀 더 꽉 끌어안고 싶어서. 조금씩 힘을 주다가도 상대가 너무 말랑말랑해서 역시나 또 불안해지고.

화톳불 축제에서 느꼈던 그 감각이 불현듯 가끔 되살아날 때가 있었다. 그날 그 화톳불의 밝은 빛이 아직 선명하게 남아 있었다. 그리고 그것을 떠올릴 때마다 다시 토이로를 끌어안고 싶어졌다.

"마사이치……"

그렇게 중얼거리면서 토이로가 힘을 꽉 줬다. 그제야 겨우 나도 꽉 하고 똑같이 안아줄 수 있었다.

설마 오늘 이런 식으로 토이로를 다시 끌어안을 기회가 올 줄은 몰랐다.

우리는 임시 관계이지만…… 일단 그 사실은 잊어버리고 싶을 정도로 행복했다——.

☆

——와, 어떡해, 큰일 났어! 두근거림이 도저히 멈추지 않아. 이렇게 심한 것은 난생처음이야——.

나——쿠루미 토이로는 마사이치와 포옹하면서 혼자 살짝 패닉 상태에 빠져 있었다.

꽉 끌어안았다. 그런 짓을 저지른 것이다. 큰일 났어. 내 심장의 두근거림을 들켜버릴 것 같아.

따뜻해. 마사이치의 냄새가 나. 슬그머니 그의 쇄골 근처에 얼굴을 묻고 있었더니——세상에 이럴 수가, 그도 나를 꽉 끌어안았다. 그 순간 내 머릿속이 새하얘졌다.

이것이 좋아하는 사람과의 포옹……. 자극이, 너무 강해.

저번에 화톳불 축제에서 있었던 일을 계기로 나는 마사이치를 '좋아한다'는 것을 인식하게 되었다. 그 후 처음으로 본격적인 연인 작업을 해보는 것이었다.

……아니, 이건 연인 작업치고는 너무 대담한데.

포옹 챌린지의 기누스 기록을 발견했을 때 무심코 '하고 싶다!'라고 생각했다. 그 마음을 억제하지 못하고 저도 모르게 그를 유혹해버렸다.

그리고 좋아하는 사람과 처음으로 접촉을 하는 연인 작업. 그것은 상상보다 훨씬 더 파괴력이 강했다. 더할 나위 없이 행복했다.

만약에 진짜 연인 관계일 때 이런 짓을 한다면, 대체 어떻게 될까…….

얼굴에 비벼지는 그의 옷의 보풀조차 사랑스러웠다. 가만히 다시 한번 그의 냄새를 맡으면서 나는 그런 생각을 하고 있었다——.

*

"……지금 몇 분이나 지났어?"

토이로를 껴안은 채 나는 귓가에 대고 말을 걸었다.

"응……. 어, 몇 분이지?"

"잠깐만, 나는 안 쟀는데?!"

"나, 나도…….."

토이로와 포옹을 한다는 사실에 정신이 팔려서, 가장 중요한 기록 계측이란 행위가 머릿속에서 싹 지워졌다. 그리고 토이로도 나와 마찬가지인 것 같았다.

우리는 도대체 뭘 하는 걸까…….

"──뭐 어때. 괜찮잖아?"

토이로가 그렇게 중얼거리듯이 말했다.

"괜찮……은가?"

"응."

토이로는 고개를 끄덕이더니 내 옷을 꽉 붙잡으면서 또다시 살짝 몸을 밀착시켰다.

"그, 그래."

토이로가 그렇게 말한다면 괜찮은 거겠지. 그런 생각을 하면서 나도 이쪽으로 전해져오는 토이로의 체온에 다시 몸을 맡기려고 했다.

그런데 그때.

똑똑, 노크하는 소리가 방 안에 울려 퍼졌다.

그 순간 우리는 후다닥 떨어졌다. 그러자 대답할 새도 없이 문이 활짝 열렸다.

"저기, 너희들——응?"

얼굴을 내민 사람은 우리 누나인 세리나였다. 세리나는 미간을 찌푸리고 나와 토이로의 얼굴을 번갈아 바라봤다. 나와 토이로는 서로 얼굴을 피하면서 시치미를 뚝 떼는 표정을 지었다. ……그런데 토이로 씨. 휘파람 부는 시늉은 보통 범인이 하는 짓이거든요?

"으응—? ……흐—응."

잠시 나와 토이로의 표정을 관찰하던 세리나가.

"……야, 너 전과자가 되기 5초 전이었지?"

뜬금없이 눈을 가늘게 뜨고 나를 쳐다보면서 그런 말을 했다.

"범죄자를 보는 듯한 눈빛으로 동생을 보지 마. 난 결백하다고."

"아니잖아. 너 내가 들어왔을 때 엄청나게 동요했잖아. 너무 수상하다고. 토로야, 너 아무 짓도 안 당했어?"

"그거야 네가 갑자기 쳐들어와서 동요한 거였고! 아무 짓도 안 했어."

"난 토로한테 물어봤거든?!"

세리나가 이쪽을 확 째려봤다. 나는 일단 입을 다물고 토이로에게 시선을 돌렸다.

"나, 난 괜찮아! ……게다가, 애초에 우리는 사귀는 사이니까…… 딱히 문제는 없잖아?"

토이로는 좀 머뭇거리면서 그렇게 대답했다. 신중하게 단어를 골라서 조심스럽게. 또 마지막에는 살짝 눈을 귀엽게 치뜨고 쳐다보면서.

그런 표정까지 합쳐져서 토이로의 대답이 세리나에게는 효과가 있었나 보다.

"그, 그래? 그렇구나. 이것 참, 오히려 내가 방해를 한 건가……."

확실히 그건 그랬다. 나와 토이로는 남들한테는 사귀는 사이라고 알려져 있었다. 그러니까 서로 껴안고 있는 장면을 남에게 들키더라도 그냥 당당하게 행동하면 되는 것이다. 좀 전에는 나도 모르게 포옹에 푹 빠져서, 왠지 나쁜 짓을 하는 듯한 착각에 빠졌지만.

그런데…….

──사귀는 사이니까, 딱히 문제는 없잖아?

토이로가 수줍어하는 표정과 음성으로 입에 올린 한마디. 그것은 나한테도 완벽하게 효과가 있었다. 저절로 내 가슴이 두근거렸다.

"아, 아냐! 괜찮아, 세리야. 방해라니, 말도 안 돼! 지금 우리는 학교 축제 준비를 하고 있었어."

토이로가 그렇게 이야기를 계속했다. 그러자 세리나는 짝! 하고 손뼉을 치더니 손가락으로 정확히 토이로를 가리켰다.

"그래, 그거야! 학교 축제! 올해는 언제 하는지 물어보러 온 거였어."

"뭐? 세리야, 너도 올 거야?"

"응. 시간이 있으면. 친구랑 같이, 학창 시절의 추억을 되살려보고 싶은데—— 하는 생각이 들어서."

헉. 누나가 온다고……?

내가 떫은 표정을 짓자, 또다시 이쪽을 째려보는 세리나의 시선이 날아왔다.

뭐, 일단 세리나는 메이호쿠 고등학교 졸업생이긴 했다. 학교 축제를 졸업생이 구경하러 오는 것은 별로 이상한 일은 아니지만…… 우리 누나의 경우에는 사정이 달랐다.

당시에 세리나는 이 지역에서도 아주 유명한 불량 청소년이었다. 학교는 물론이고 경찰한테도 감시를 당했을 정도다. 누나가 온다고 하면 학교 교직원들은 틀림없이 동요할 것이다. 아마 누나가 데려오는 친구도 전직 불량 청소년이었을 테고. 아무리 그래도 어른이 되어서까지 주위에 민폐를 끼치진 않을 테지만…… 그러진 않겠지?

"너희가 준비한 이벤트도 보러 갈게——."

내가 걱정하는 줄도 모르고 태평하게 웃으면서 그런 말을 하는 세리나. 그리고 뭔가 생각난 것처럼 말을 이었다.

"앗, 맞다. 너희들 그거 할 거야?"

"그거가 뭔데?"

내가 그렇게 되물어봤더니.

"그거 말이야, 그거. 커플끼리 하는—— 메이호쿠 고등학교의 전설의…….."

세리나는 기억을 더듬는 것처럼 눈을 꽉 감고 관자놀이를 손가락으로 눌렀다.

"또 메이호쿠의 7대 불가사의 같은 거야……?"

저번에 전설의 벚나무 아래에서 서로 사랑을 고백하면~ 어쩌고저쩌고하는 메이호쿠 고등학교의 7대 불가사의를 세리나가 가르쳐줘서 우리 둘이 실행해본 적이 있었다. 그것도 충분히 수상쩍은 이야기였는데, 그 외에도 뭔가 더 있었구나…….

그런데 세리나는 좀처럼 생각이 안 나는지 끄응 하고 미간을 찡그리고 있었다.

"힘내! 세리야! 그 시절을 떠올려봐!"

토이로는 궁금한가 보다. 세리나를 응원하고 있었다.

하지만 쉽지 않을 것이다.

"안 될 거야. 도대체 몇 년 전인데? 너무 오래된 기억이야."

"야, 이 망할 동생아. 너 뭐라고 했어? 아직 아슬아슬하게 10년은 안 됐거든?"

성을 내면서도 역시나 좀처럼 기억해내지 못하는 세리나.

"다, 다음에, 생각나면 연락할게…….."

한참 버티다가 결국 마지막에는 그렇게 말하더니 방에서 나가려고 했다.

"네, 부디 잘 부탁드립니다!"

그러면서 정중히 고개를 숙이는 토이로. 세리나는 그걸 보고 웃으면서 문을 열다가 "아" 하고 조그맣게 중얼거렸다.

"야, 너희들. 새 실내복이나 사지 그러냐? 둘 다 그런 옷을 입고 있으면 영~ 분위기가 안 살지 않아?"

고개를 돌려 나와 토이로의 모습을 살펴보는 세리나. 나와 토이로는 둘이 동시에 자기 옷을 내려다봤다.

슬슬 날이 추워져서 둘 다 좀 도톰한 트레이닝복을 입고 있었다. 대충 중학교 2학년 때부터 입었던 옷이라서 보풀이 심하고 후줄근한데…….

"내가 좀 괜찮아 보이는 커플룩을 사다 줄게──. 진짜로 소중한 내 여동생을 위해서──."

그렇게 말한 뒤 세리나는 가볍게 손을 흔들고 방에서 나갔다.

나와 토이로는 서로 얼굴을 마주 봤다.

"아…… 이미 이 옷에 익숙해져서 괜찮은데."

내가 그렇게 말했더니.

"응. 뭐, 어차피 실내복이니까. 난 마음에 들어."

그러면서 토이로가 트레이닝복 소매를 입가에 댔다.

"우리들밖에 없으니까 괜찮지 않아?"

"응. 둘만의 비밀이야!"

그렇게 말하면서 토이로는 즐겁게 웃었고, 나는 그 한마디 때문에 또다시 심장의 고동이 좀 빨라지는 것을 느꼈다.

『오늘 방과 후에 재미있는 것을 발표할 거거든? 마사이치 나리한테 딱 맞는 거야.』

그것은 점심시간에 사루가야가 보내준 메시지였다. 그 녀석은 위원 활동을 하느라 바빴는데, 오늘도 회의인지 뭔지를 하러 가서 교실에는 없었다.

회의하는 도중에 뭔가 신나는 행사라도 기획한 걸까. 그런데 나한테 맞는 거라니, 도대체 뭐지……?

학교 축제 준비가 시작된 지 3일째 되는 날이었다.

그리고 방과 후. 학교 축제 실행 위원의 교내 방송을 통해, 사루가야가 이야기했던 내용이 금방 구체적으로 밝혀졌다.

『학교 축제 실행 위원회에서 알려드립니다. 학교 축제 당일, '메이호쿠 커플 그랑프리'를 개최가 결정했습니다. 자세한 내용은 곧 승강구의 게시판에 게시하겠습니다. 전교의 커플 여러분, 두 사람의 사랑을 확인하기 위해 부디 용기를 내서 참가를 긍정적으로 검토해주시길 바랍니다──.』

*

"'메이호쿠 커플 그랑프리'. 올해 기획돼서 이번이 제1회 행사. 두뇌, 체력, 외모 등 다양한 요소를 심사해서 메이호쿠 베스트 커플을 선정하는 대회. 남녀 한 쌍이라면 아직 사귀는 사이가 아니어도 참가 가능. 우승한 커플에게는 트로피, 명예, 그리고 식당에서 사용 가능한 1만 엔짜리 상품권을 드립니다."

토이로가 그렇게 이야기했다. 나는 그 옆에서 걸으면서 "흠, 흐음" 하고 듣고 있었다.

방과 후, 학교 축제 준비에 참가했다가 지금은 집에 돌아가는 길이었다. 기누스 종목을 뭐로 할지 생각하면서, 사루가야와 학급 위원의 지휘하에 조금씩 이벤트 간판 등을 제작하기 시작한 것이다. 제작 첫날인 오늘은 그 제작에 필요한 물자 및 방법을 확인하는 것이 주된 일이었다. 그래서 시간이 오래 걸리진 않았으므로, 지금도 주변은 아직 밝았다.

"응, 그래서 말이지. 학교 축제 첫째 날에는 예선과 1회전을 치르고. 둘째 날에는 2회전이랑, 거기서 살아남은 커플들끼리 결승전을 치를 거래."

"그렇구나."

이 모든 것은 승강구의 게시판에 붙은 종이에 적혀 있는 내용이었다. 토이로는 나카소네를 비롯한 친구들과 함께 그것을 보고 온 것 같았다.

실은 나도 궁금해서 혼자 조사하러 갔었다. 그래서 그 정보는 알고 있었지만, 확인도 할 겸 토이로의 이야기를 듣고 있었다.

"재미있을 것 같지?"

안 그래? 응? 하고 동의를 구하는 듯한 시선이 나를 덮치고 있었다.

토이로가 무슨 말을 하고 싶어 하는지는 알았다. 틀림없이 참가하고 싶은 것이리라. 그리고 그 문제에 관해서는 나도 미리 이것저것 생각해봤다.

"우리들 말이야. 메이호쿠 고등학교에 적을 둔 커플로서, 이 학교의 전통인 커플 그랑프리에 한 번은 참가해봐야 하지 않겠어? 게다가 부와 명예도 손에 넣을 기회라고."

토이로는 그렇게 말을 이었다.

"전통? 이게 제1회 아니었어……?"

그런 얄팍한 전통이 있다는 게 말이 되냐. 더구나 거기서 얻을 수 있는 것은, 교내에서만 의미가 있는 부와 명예잖아. 하다못해 그 상품을 현금으로 준다면 카드 전문점으로 뛰어가기라도 할 텐데.

뭐, 그렇게 하고 싶은 말은 있었지만——그래도 나는 이 커플 그랑프리에는 참가할 생각이었다.

"아무튼, 그래. 그것도 괜찮겠다."

내가 그렇게 말하자 토이로는 눈을 깜빡거렸다.

"그건…… 참가하겠다는 뜻이야?"

"뭐야, 그 반응은? 좀 의외인 것 같은데."

"아니, 그게. 마사이치의 성격상 틀림없이 처음에는 싫어할 줄 알았거든. 그러다가 결국 어쩔 수 없이 참가해주고. 그게 정해진 스토리잖아?"

"야, 내가 무슨 츤데레야?"

"츤데레가 뭐. 좋잖아? 일본의 전통 예술 같은 거지."

"그 전통 예술을 남자가 계승해봤자 도대체 누가 좋아하는데……?"

내가 툭 쏘아붙이자 토이로는 "아하하" 하고 웃었다. 나는 일단 마음을 가라앉히려고 살짝 숨을 내쉬었다.

"그런데 진짜로 웬일이야? 언제나 이런 일에 참여하자고 하는 사람은 나잖아?"

토이로의 말투는 왠지 기뻐하는 것 같았다.

"응, 이유는 있어. 이 그랑프리에 참가하는 것에는 중대한 의미가 두 개 있거든."

"두 개?"

약간 속도를 늦춰 집으로 걸어가면서 우리는 이야기를 나눴다.

"응. 우선 학교 전체에 우리가 커플이란 것을 보여줄 기회야. 우리가 직접 확실하게 사귄다고 선언할 기회는 지금까지는 없었잖아?"

"맞아. 나도 그 생각은 했어! 이 기회에 멋지게 소문을 내자!"

토이로가 신난 목소리로 대답했다.

"그럼 두 번째는?"

"응. 두 번째는──그 커플 그랑프리에서 이긴다는 것은, 다시 말해 우리가 잘 어울리는 커플이란 것을 카스카베에게 보여주는 거잖아?"

그것은 저번에 받았던 후나미 카에데의 의뢰에 관한 이야기였다.

──이렇게 부탁할게. 제발 너랑 토이로 두 사람이 사귀고 있다는 사실을 정확히 알려줘서, 네가 토이로의 최고의 남자 친구란 사실을 증명해서, 슌이 토이로를 포기할 수 있게 해줘.

그런 후나미의 부탁을 어떻게 들어주면 좋을까? 하고 나는 기회를 엿보면서 고민하고 있었던 것이다.

"아, 그러네! 그것도 한꺼번에 해내면 진짜 좋겠는데? 미션 클리어."

토이로가 손가락을 딱 튕기는 시늉을 했다. 시늉만 했을 뿐이고 소리는 거의 안 났다.

"뭐, 그러려면 가능한 한 오래 살아남아서, 명실공히 잘 어울리는 커플이란 것을 증명해야 할 테지만."

"응, 그건 그래!"

토이로는 크게 고개를 끄덕이더니 이어서 입을 움직였다.

"세 개. 우리가 이 커플 그랑프리에 참가하는 데에는 중대한 의미가 세 개 있는 거야."

"세 개……? 세 번째는 뭔데?"

이번에는 내가 물어볼 차례였다.

"후후후. 그건 말이지, 최강 커플임을 증명하는 거야!"

"최강 커플?"

"그래! 우리가 우승하는 거야! 그래서 이 두 사람이 최고·최강 커플이란 것을 증명하는 거지. 이번 커플 그랑프리는 그것을 위한 싸움이야!"

입꼬리를 올리면서 도전적인 미소를 짓는 토이로.

"우승……."

나는 잠시 생각을 해봤다. 그런데 상상하기가 좀 어려웠다. 아직 1학년이고 심지어 그 1학년 중에서도 특히 눈에 띄지 않는 내가, 전교생 앞에 서서 트로피를 들어 올리는 모습……. 그것은 뭐랄까, 현실과는 지나치게 동떨어진 장면이었다.

토이로는 그런 내 얼굴을 힐끔 들여다봤다. 그리고 힘차게 팔짱을 꼈다.

"괜찮아. 우리는 할 수 있어."

힘을 줘서 내 팔을 꽉 끌어안으면서.

"이거 봐, 이렇게 사랑이 넘치는 커플이잖아?"

그러더니 토이로는 후후, 웃었다.

나는 반사적으로 주위를 두리번거렸다. 이렇게 찰싹 붙어 있는 모습을 남에게 들킨다면 민망할 테고, 또 괜히 뭔가 잘못한 듯한 느낌도 들었다. 다행히 큰길에서 벗어난 주택가에 들어와 있었으므로 주위에 지나가는 사람은 없었다.

"아, 아니 뭐, 그래 봤자 '임시'지만."

"아~ 마사이치. 또 그런 소리를 하네? 부끄러워서 그래?"

"벼, 별로 부끄러워하는 것은 아니고…….."

"그런데 말이지, '임시' 관계인 두 사람이 우승해버리는 것도 그 나름대로 멋지지 않아?"

"아, 하긴. 진짜들을 제치고 가짜가 자기 실력으로 우승한다는 전개는…… 사실 흥분되기는 해."

"왠지 근질근질하지 않아?"

"그러게. 뭔가가 간질간질하게 마음을 자극하는 느낌이…….."

틀림없이 몸속에 아직 잠들어 있는 중이병 욕망이 꿈틀거리고 있는 것이리라…….

토이로도 같은 생각을 했는지 "으윽, 오른손아, 잠들어라……"라고 중얼거리고 있었다. 우리는 함께 웃었다.

"아무튼 열심히 해보자. 커플 그랑프리!"

"응, 그래."

"어떤 심사 과제가 나와도 괜찮도록 미리 준비해야지. 아직 우리가 안 해본 커플 같은 일을 이것저것 해봐야 해."

"으, 응."

토이로 씨, 상당히 의욕이 생기신 것 같네요. 당장 걸으면서 휴대폰을 꺼내셨다.

왠지 토이로와 함께라면 정말로 우승해버릴 것 같은 느낌도 드는 것이 신기했다.

하지만 은근히 그런 생각도 들었다.

만약에 정말로 우승해서 주변 사람들한테도 1등 커플로 인정받는다면, 그때 가짜인 두 사람은 뭔가 달라진 걸까?

그때 두 사람의 마음에는 뭔가 커다란 변화가 일어나 있는 걸까……

*

학교 축제 준비는 순조롭게 진행되고 있었다.

교실 안에서는 주로 남자들이 1분 동안 미친 듯이 연필을 세우기도 하고, 풍선을 안 떨어뜨리고 손으로 몇 번이나 치기도 하고, 칠판 전체를 뒤덮은 글자를 초고속으로 지우기도 하면서 아주 시끌벅적하게 날뛰고 있었는데…….

사실 복도로 나와 보면 모든 교실이 그만큼 왁자지껄 시끄러웠다. 준비 과정까지 포함해서 실컷 즐기려고 하는 학생들의 자세를 알 수 있었다.

뭐니 뭐니 해도 1년에 한 번 있는 커다란 행사, 학교 축제인 것이다. 그런 부분까지 포함해 준비는 순조롭게 되고 있다고 할 만했다.

그리고 나도 지금은 축제 준비를 하는 친구들 틈에서 빠져나와, 시끌시끌한 교내를 통과해 홀로 옥상으로 걸어가고 있었다.

메이호쿠 기누스 종목을 고안하느라 좀 늦어버렸다. 나머지 두 사람은 이미 도착했을 것이다.

취주악부가 연습하는 음악 소리를 BGM 삼아서 나는 연결 복도를 지나 북쪽 건물로 향했다. 5층으로 이어지는 계단을 올라가 옥상 문의 손잡이를 잡았다. 문은 잠겨 있지 않아서 슬쩍 힘만 줘도 열렸다.

"앗, 마사이치! 여기야, 여기. Hurry, Hurry—!"

토이로가 어설픈 영어로 재촉했다. 그런 토이로 앞에는 또 한 명의 여자가 있었다.

"이런 곳에서 두 사람한테 포위당하다니……. 나 지금부터 무슨 짓을 당하는 거야?"

그렇게 말하더니 후나미는 피식 웃었다.

"아, 그건 여기 마사이치 씨가 설명해주실 겁니다."

"뭐? 내가?"

나는 놀랐다. 그런데 토이로는 "자, 어서 해" 하고 비켜서서 나와 후나미를 대면시켰다.

"어, 일단 마사이치가 그 의뢰를 받은 장본인이잖아."

어제 커플 그랑프리에 참가하기로 정한 후, 그 이야기를 후나미에게도 해주자고 말한 사람은 나였다. 전에 옥상에서 후나미의 의뢰를 받고서 시간이 좀 지났으니까 슬슬 진척 상황을 보고하기로 한 것이다. 그래서 오늘은 토이로에게 부탁해서 후나미를 여기로 불러냈다.

그런데 내가 좀 늦어서, 두 사람이 나를 기다리는 동안에 먼저 이야기를 나눴을지도 모른다고 생각했는데…….

후나미는 살짝 고개를 갸웃거리며 나를 쳐다봤다. 나는 어험 하고 가볍게 헛기침을 했다.

"어―, 이번에 우리는 커플 그랑프리에 참가하기로 했으므로…… 그것을 보고하러 왔습니다."

괜히 격식을 차리려다가 이상하리만치 정중한 말투로 말하게 되었다. 옆에서 토이로가 "와―! 짝짝짝" 하고 장단을 맞춰줬다.

"일부러 둘이 모여서 뭘 하나 했더니……. 보고하고 싶은 게 있다고 해서, 난 또 너희가 결혼이라도 하는 줄 알았지."

""겨겨, 결혼?!""

"와, 딱 맞네."

나와 토이로가 멋지게 합창하듯이 말하자, 후나미는 엄지와 집게를 세워서 총처럼 우리를 겨눴다.

"겨겨, 겨, 결혼이라니, 그런 것은 아직은 너무 이르다고 나 할까, 적령기가 아니라고나 할까——."

"어머나. 아직은 이르지만, 나중에는 할 수도 있다는 뜻이야? 아이참, 좋네요. 토이로 씨."

"그, 그건 그렇……지 않고! 아니, 아직은 거기까지 생각할 만한 단계는 아니라고나 할까. 아, 아무튼, 오늘 보고할 내용은 그런 게 아니라——."

토이로는 당황했는지 손을 몸 앞으로 들어 올려 열심히 휘저으면서 부정했다. 후나미는 그런 토이로의 반응을 즐기는 것처럼 웃었다.

"그런데 커플 그랑프리에 참가한다고? 그걸 왜 굳이 나한테 보고하는 거야?"

토이로가 힐끔 이쪽을 봤다. 그래서 그다음은 내가 대답하기로 했다.

"그것은 저번에 받았던 의뢰 때문이야. 커플 그랑프리에서 우리는 이길 거야. 그래서 카스카베에게, 우리가 최고의 커플이란 것을 보여줄 거야."

나는 후나미에게 그렇게 말했다. 그 순간 정적이 흘렀다.

……어? 내가 뭔가 이상한 말이라도 했나? 내가 그렇게

당황하기 시작했을 때, 후나미가 눈을 동그랗게 뜬 채 입을 열었다.

"그, 그렇구나. 우리가 이길 거다……라고?"

"응."

"아하……. 자신감이 굉장한데?"

"아, 그, 그렇지……."

나는 후나미가 놀란 이유를 알 것 같았다. 나는 작전을 있는 그대로 설명했을 뿐인데, 그 의도와는 상관없이 승리를 선언하는 듯한 말투가 되어버린 것이다.

"그렇게 자신 있게 말한다면 한번 기대해볼게. 우리는 참가할 계획은 없으니까……. 열심히 해봐."

"으, 응, 가능한 한 노력해볼 건데……."

나는 좀 부끄러워져서 도움을 청하려고 시선을 돌렸다.

"우, 우리가, 최고의 커플……."

그러자 수줍어하는 것처럼 뺨을 양손으로 꾹꾹 누르면서 조그맣게 중얼거리는 토이로 씨의 모습이 보였다.

야, 이건 우리가 미리 상의했던 내용이잖아. 정신 차려.

그런 생각을 하면서 팔꿈치로 쿡쿡 토이로를 찔렀다. 토이로가 헉 하고 고개를 들었다.

"열심히 할게! 우승할게!"

허둥지둥 그런 말을 했다.

그 모습을 본 후나미가 또다시 후훗 하고 웃었다.

"어, 왜, 왜 그래?"

"응? 그게, 너희는 역시 잘 어울리는 한 쌍이라는 생각이 들어서."

"그, 그렇지—? 고마워."

토이로는 일부러 부정도 안 하고 고맙다고 말했다. 그랬더니.

"응. ……정말, 부러울 정도야."

한순간 후나미의 표정에 슬픔의 감정이 희미하게 떠오른 것 같았다. 검고 긴 머리카락이 부드럽게 바람에 날리면서 후나미의 얼굴을 가렸다.

진짜 커플이 되고 싶다. 그런 감정이 꿈틀거리고 있는 걸까.

커플 그랑프리에도 어쩌면 참가하고 싶었을 수도 있다. 일단 진짜로 사귀지는 않아도 참가는 할 수 있을 텐데, 이왕이면 진짜 커플로서 참가하고 싶다고 생각한 걸지도 모른다.

내가 그렇게 추측하고 있는데.

그때 갑자기 옥상 문이 벌컥! 하고 힘차게 열렸다. 그리고 작은 그림자가 뛰쳐나왔다.

"저, 저기, 얘들아! 내 말 좀 들어봐—!"

그렇게 소리를 지르면서 트레이드마크인 양 갈래 머리를 팔랑거리며 이쪽으로 뛰어온 사람은.

"마, 마유?! 뭐야, 무슨 일이야—? 왜 그렇게 당황했어."

우리 반의 작은 소녀, 우야마 마유코였다. 다짜고짜 달려드는 마유코를 받아주면서 토이로가 무슨 일이냐고 물어봤다.

그런데 마유코에 이어서 또 한 명의 여자가 옥상에 찾아왔으니——.

"우라라, 무슨 일 있었어?"

그런 후나미의 질문에 그 여자, 날라리처럼 생긴 나카소네 우라라는 고개를 설레설레 옆으로 흔들었다.

"아니, 별일은 없었는데……. 애가 너희 둘과 상담하고 싶은 것이 있대."

그러면서 가까이 다가와 마유코의 머리에 가볍게 손을 얹었다. 그리고 토이로와 후나미를 (덤으로 나도 힐끔) 돌아보면서 말을 이었다.

"토이로가 어디 가는지는 아까 들었거든. 그래도 돌아올 때까지 기다렸다가 상담하자고 했는데, 애가 '쇠뿔도 단김에 빼랬다'고 하면서 충동적으로 뛰쳐나간 거야."

후나미가 피식 웃으며 고개를 끄덕였다.

"그래, 우리 이야기는 다 끝났고, 물론 비밀이었던 것도 아니니까 괜찮아. 그런데 마유코. 도대체 무슨 일로 그렇게 당황한 거야?"

그 질문에 마유코는 이상하게도 고개를 숙이고 꾸물거

리기 시작했다.

"어, 저기, 그게…….."

토이로와 후나미는 서로 얼굴을 마주 봤다.

이곳에 난입할 때의 기세는 어디로 간 걸까. 두 사람에게 뭔가를 이야기하고 싶다는 것은, 내가 여기 있으면 안 되는 건가? 그렇게 생각한 나는 출구 쪽으로 발을 돌렸다. 그런데 나카소네가 이쪽을 보면서 살짝 고개를 흔들었다. 아마 나도 같이 들어도 되는가 보다.

"저, 저기, 좀 도와줬으면 하는 것이 있어서. 그게……. 그, 응……?"

마유코는 아직도 말을 못 꺼내고 몸을 좌우로 번갈아가며 배배 꼬고 있었다. 그러나.

"야, 여기서 부끄러워하면 어떡해?"

나카소네가 그렇게 뭐라고 하자, 마유코는 황급히 허리를 쭉 펴고 똑바로 섰다.

그리고 마침내 결심한 것처럼 눈을 감고 입을 열었다.

"저, 저기, 나는——사, 사루가야한테, 커플 그랑프리에 같이 나가자고 하고 싶어!"

그렇게 말을 마친 마유코는 꾸벅, 우리를 향해 고개를 숙였다.

*

다음 날. 방과 후가 되자마자 나는 사루가야의 자리로 갔다.

"오늘은 이제 실행 위원회 쪽에 갈 거야?"

자기 자리에서 가방 속에 교과서를 집어넣고 있던 사루가야는 고개를 들더니——히죽 웃었다.

"아이쿠, 무슨 일이세요? 마사이치 나리. 데이트 신청이야?"

"아니, 그건 아닌데."

"이걸 어쩌나. 인기 있는 남자는 이래서 문제라니까. 모처럼 데이트 신청을 해줘서 고맙지만, 오늘은 교실에서 우리 학급 이벤트를 준비할 예정이거든. 실행 위원 일이 너무 바빠서 학급 쪽에는 제대로 공헌하지 못했으니까. 그래도 나리가 꼭 나와 같이 있고 싶으시다면, 나랑 같이 학급 이벤트 준비 데이트라도 할래?"

"그런 게 아니라고 했잖아?!"

그리고 이 상황에서 학급 이벤트 준비를 선택하는 것은, 왠지 엄청나게 마음이 안 내키는데…….

사실 오늘은 늘 실행 위원회 일을 하러 가버리는 사루가야를 억지로 이 교실에 붙잡아놓고 같이 작업을 할 예정이었다. 그런데 이렇게 되면, 내가 꼭 사루가야와 데이트를 하고 싶어 해서 사루가야가 어쩔 수 없이……란 구도가 되어버리지 않는가. 제발 관둬줬으면 좋겠다. 오해이고 누명이다. 만약에 누가 이 이야기를 들었다면 틀림없이 의심하는 눈초리로 이쪽을 쳐다볼 것이다.

"아니, 그러니까. 힘쓰는 작업이 남아 있거든. 스포츠 종목도 만들고 싶다고 해서 '스트라이크 아웃' 종목을 만들기로 했는데, 그 스트라이크 존을 나무로 제작하는 중이야. 그런데 남자 일손이 좀 부족해서."

"호. 그래, 대회를 앞두고 동아리 활동이 많이 바빠졌단 이야기는 들었어. 축제 준비에 할애할 시간이 별로 없는 녀석들도 많을 테지. 응, 그렇다면 나한테 맡겨. 이런 때일수록 서로 도와야 하지 않겠어?"

사루가야가 블레이저 재킷과 셔츠의 소매를 한꺼번에 걷어붙이면서 일어났다.

"그럼 고맙지. 재료는 안뜰에 준비해놨어."

나는 도구를 가지고 사루가야와 둘이서 이동하기 시작했다. 그런데 교실에서 나가려고 할 때, 후다닥 이쪽으로 뛰어오는 사람이 있었다.

"마사이치! ……랑 사루가야. 혹시 스트라이크 아웃 준비를 하려는 거야?"

토이로가 내 옆에 나란히 서더니 몸을 앞으로 기울이면서 사루가야의 얼굴을 들여다봤다.

"응. 내가 도와줄 수 있는 일이 있다고 하니까. 여기서는 내가 발 벗고, 손도 벗고, 가슴도 벗고, 복근도 벗고 나서야 하지 않겠어? 한번 보여줄게. 나의 육체미."

"나도 같이 가도 돼? 지금은 교실에서는 준비할 것이 없거든."

"응? 그, 그래."

사루가야의 개그(가 아니라 진짜 바보짓)에는 신경도 안 쓰고 토이로가 동행 허락을 구했다.

이렇게 토이로가 한 팀이 되는 것도 실은 미리 의논해서 정한 작전의 일부였다. 우선 내가 사루가야와 같이 작업을 시작한다. 거기에 토이로가 찾아와 자연스럽게 합류한다. 그리고 마유코 그룹도 그 토이로를 찾아온 척하면서 은근슬쩍 집합한 뒤, 적당한 타이밍에 커플 그랑프리에 참가하자는 말을 꺼내는 것이다.

대충 제2단계까지는 성공했다. 나와 토이로는 몰래 눈빛을 교환하면서 고개를 끄덕였다.

안뜰에는 어제 쇼핑 부대가 생활용품점에 가서 사 온 목재가 놓여 있었다. 이 목재를 정해진 길이로 자르고 못을 박아 틀을 만들 예정이다.

아마도 1반의 이벤트 물품 중에서는 가장 제작 시간이 오래 걸리는 세트일 것이다. 기본적으로는 가능한 한 준비하는 수고를 줄이는 방향으로 종목을 고르고 있으니까. '1분 동안 의자를 뒤집어서 책상 위에 몇 번 올릴 수 있을까?'처럼 준비도 뭣도 필요 없는 순수한 체력 자랑 경기까지 채택됐을 정도다.

우리가 목재 앞에서 준비를 시작했을 때 예정대로 마유코가 안뜰로 들어왔다. 그 뒤에는 오늘도 나카소네가 있었다. 어, 뭐랄까. 완전히 꼬맹이의 보호자 같은 역할이시네요, 나카소네 씨……. 참고로 후나미는 카스카베와 다른 볼일이 있다고 했다.

"토이로—옹! 아, 마조노. 사, 사사, 사루가야도 있었네?"

"와—, 마유! 웬일이야, 응—?"

"아, 아니, 그냥 심심해서. 같이 해볼까 하고 왔는데."

"응, 응! 좋아, 잘 부탁해! 괜찮지?"

그러더니 토이로는 사루가야의 반응을 확인했다.

"오케이, 그럼 톱질은 나한테 맡겨."

사루가야는 활기차게 대답했다. 그리고 정말로 옷을 벗기 시작했다. 블레이저 재킷을 벗고 와이셔츠도 벗어서 티셔츠 차림이 되었다. 그래도 이성인지 상식인지 뭔지는 아슬아슬하게 남아 있었는지 사루가야의 스트립쇼는 거기서 멈추긴 했다. 그는 내가 준비해둔 톱을 집어 들었다.

"나리, come on. 지시를 해줘!"

나는 그 기운찬 부름에 응했다. 인터넷에서 찾아온 스트라이크 존 만들기 페이지를 사루가야에게 보여줬다.

톱을 쓰는 작업은 사루가야에게 맡기고 나는 다른 목재

를 이용해 토대를 만들기 시작했다. 여자들도 각자 작업을 도와줬다.

마유코의 목적 달성을 도우려고 이렇게 모이게 되었는데, 의외로 이 멤버들끼리 학급 이벤트 준비에 크게 공헌하게 될 것 같은 느낌도 들었다.

"나리, 큰 틀이 될 부분은 잘랐어. 이제 못을 박고 칠하면 돼?"

"우와. 빠르네."

사루가야가 솜씨 좋게 작업을 진행하자 나는 다음 작업을 휴대폰으로 확인해봤다. 그러는 사이에 표적을 만드는 데 사용할 그림 도구를 준비하던 나카소네가 이쪽을 돌아보면서 입을 열었다.

"사루가야, 너 제법이구나."

그러면서 팔꿈치로 옆에 있는 마유코를 살살 찔렀다. 마유코는 화들짝 놀란 것처럼 허리를 쭉 폈다.

"제, 제제, 제법이다?"

마유코도 이어서 한마디 했다. 긴장해서 그런지 완전히 윗사람처럼 거만한 의문형으로.

"응, 그렇지? 나만 믿으라고."

사루가야는 가슴을 '탁' 치더니 이번에는 망치와 못을 집어 들었다. 목재를 연결해 틀을 만들려는 것이다.

"마유코, 네가 잡아주지 그래?"

"어, 어, 앗."

그렇게 나카소네가 어시스트를 해줬는데 마유코는 당황한 것처럼 나카소네와 사루가야를 번갈아 봤다.

"아, 부탁해도 돼? 삐뚤어지지 않게 잡아주면 고맙지."

"으, 응!"

마유코는 활짝 웃으며 힘차게 고개를 끄덕였다. 얼른 사루가야에게 다가가서 쪼그려 앉아 목재를 붙잡았다.

자연스럽게 두 사람이 공동 작업을 하는 구도가 형성됐다. 이대로 커플 그랑프리 이야기를 한다면 좋을 텐데.

그런 생각을 하고 있는데 사루가야가 입을 열었다.

"이런 거 왠지 좋다. 청춘 같잖아. 이렇게 남녀가 다 함께 모여서 신나게 학교 축제를 준비하는 거. 그야말로 내가 원하던 거야. 정말 감개무량하다. 안 그래, 마사이치 나리?"

"왜 나한테 말을 거냐."

"그야 뭐, 우리는 같은 남학교에서 지저분한 남정네들끼리 괴로운 암흑의 중학교 시절을 보낸 영혼의 소울메이트잖아."

"난 별로 괴로워한 적 없는데. 그리고 영혼이란 말이 중복됐어."

사루가야는 "아이고, 이 감동을 이해 못 하는 거야?!" 하고 계속 놀라고 있었다. 이어서 뭔가 뜨거운 열변을 토해낼 듯한 기세였는데, 그때 "빨리 작업이나 계속해" 하고 나카소네가 주의를 줬다.

──청춘이라.

그러고 보니 나도 경험해보지 못한 일이었다. 남녀 공동 작업은 물론이고, 중학교 시절에는 집이 멀어서 방과 후에 이렇게 늦게까지 남아 작업을 해본 적도 거의 없었다.

눈부신 저녁 햇살에 물든 학교 건물과 안뜰. 교내 전체가 시끌벅적한 소음에 휩싸여 있었고, 이따금 신나게 떠드는 큰 소리가 들려왔다. 이처럼 왠지 따뜻하고 들떠 있는 분위기에 나 자신도 섞여 있다고 새삼스럽게 생각하니까 내 가슴도 조금은 두근거리는 느낌이 들었다. 평소 같으면 이렇게 늦게 남아서 작업하는 것도 망설였을 텐데, 정신을 차려 보니 나는 전혀 괴롭지 않은 마음으로 작업에 임하고 있었다.

이것이 청춘인 걸까.

내가 몰랐던, 다른 누군가가 즐기고 있었던 청춘…….

나는 잠시 작업하던 손을 멈추고 땅바닥에 무릎 꿇고 앉아서 그런 생각을 하고 있었다. 그때 쪼그려 앉으면서 살금살금 이쪽으로 다가오는 사람이 있었다.

"어, 왜?"

내가 그렇게 말을 걸자 토이로는 내 얼굴을 보면서 웃었다.

"그냥─, 가볍게 청춘이라도 즐겨볼까─? 하는 생각이

들어서."

토이로는 내 옆까지 다가오더니 힐끔 마유코와 사루가야 쪽을 쳐다봤다. 그리고 그들을 흉내 내는 것처럼 내 작업물인 토대의 목재에 손을 댔다.

"청춘을 직접 체험하고 싶어졌어?"

"그, 그그, 그런 거 아닌데? 그러고 싶어진 게 아니라, 우리는 커플이니까 당연히 이런 것도 해야 하지 않겠어?! 연인답게 말이지."

"아하, 그래. 연인답게……."

토이로는 지금 커플의 청춘 작업을 의무화할 것을 주장하고 있는 듯했다.

하지만 우리도 오래 사귀었으니까. 그것이 괜히 부끄러워서 하는 변명이란 것은 알 수 있었다.

토이로도 좀 청춘의 기분을 맛보고 싶어진 걸지도 모른다. 그렇게 생각하니 왠지 기뻤다.

혹시 중학교 시절에 토이로도 자기 나름대로 청춘을 즐겼던 게 아닐까. 좀 전에 그런 생각이 언뜻 떠올라서 묘하게 마음이 불편해졌는데, 방금 그 불편함이 싹 사라지는 감각을 맛봤다.

"그럼 먼저 못부터 박을게."

"오케이! 여기를 잡으면 되지?"

그리하여 나는 작업을 재개했다. 받침대에는 공이 부딪

71

쳐도 쓰러지지 않도록 튼튼한 다리를 붙여놔야 한다. 목재를 조립해서 강도를 높였다. 앞뒤 받침대를 따로 만들어, 사루가야가 만들고 있는 틀 부분을 그사이에 끼워 세우는 구조였다.

리드미컬하게 망치를 휘둘러 못을 박았다. 못이 끝까지 박히면 손을 내밀었다.

"자, 여기."

그 손바닥에 토이로가 다음 못을 올려줬다.

"좋아."

또 하나의 못을 다 박고 나서 내가 손을 내밀었더니.

"네, 네. 여기."

이번에는 줄자와 매직펜이 전달됐다. 다음에 사용할 목재의 못을 박을 부분을 표시하기 위해서였다.

"응."

내가 줄자 끄트머리를 잡고 케이스 부분을 건네주자, 토이로는 그것을 쭉 잡아당겨 줄자가 늘어나게 해줬다. 나는 30cm를 재서 매직펜으로 점을 찍었다.

"저기, 너희 둘. 호흡이 너무 잘 맞는데?"

그 목소리를 듣고 고개를 들었다. 그랬더니 마유코가 감탄하여 지켜보는 것처럼 부드러운 표정으로 우리를 보고 있었다.

"그러고 보니 해변 식당에서도 너희 둘은 엄청난 콤비네이션 플레이를 보여줬었지. 핫도그 만들 때."

사루가야가 기억이 난 것처럼 말을 이었다.

"아무리 봐도 역시 중년 부부처럼 노련하다니까."

나카소네도 그렇게 맞장구를 쳤다.

예전 같으면 여기서 우리는 '초보 커플 같은 풋풋함이 없나 봐, 어쩌지?!' 하고 얼굴을 마주 봤을 테지만. 이제는 충분히 익숙해졌다.

"후후후. 응, 그렇지—?"

이처럼 그냥 뻔뻔한 태도로 토이로는 의기양양하게 웃었다.

여기서 나는 이렇게 말해봤다.

"사실 우리는 커플 그랑프리에도 참가할 예정이거든."

힐끔 마유코를 살펴봤더니, 마유코는 눈을 크게 뜨고 깜짝 놀란 표정을 짓고 있었다.

설마 사루가야와 공동 작업을 하느라 들떠서 오늘의 목표를 잊어버렸던 건가······?

"우와, 그래. 나리는 꼭 참가해줄 줄 알았어! 토이로도 고마워. 너희들이 분위기 좀 팍팍 띄워주기를 기대할게."

"응, 알았어. 나랑 나리만 믿어!"

토이로는 손바닥을 가슴에 대고 자신만만하게 고개를 끄덕였다.

사루가야를 흉내 낸 걸까. 저 '나리'란 호칭을 토이로의 목소리로 들으니 위화감이 느껴진다고나 할까, 묘하게 가슴이 두근거렸다.

"사루가야, 너는 참가 안 해? 주최 측이라 바쁜가……?"

토이로가 그렇게 슬쩍 떠봤다.

"아니, 난 당일에 진행은 안 해. 하지만, 으음, 나랑 같이 참가해줄 상대도 없으니까."

마유코가 나카소네와 서로 눈빛을 교환하고 고개를 끄덕였다. 그 후 숨을 크게 들이마셨다가 뱉었다.

"사, 사루가야!"

"으, 으응?!"

코앞에서 누가 갑자기 큰 소리로 자기 이름을 부르자 사루가야는 화들짝 놀랐다. 그런데 마유코는 신경 쓰지 않고——신경 쓸 여유도 없이 이야기를 계속했다.

"어, 사, 사루가야, 너…… 11월 28일에, 혹시 한가해?"

"응? 그날은 학교 축제 날이잖아……."

"아, 그, 그래. 바쁘지……?"

도와 달라는 듯이 나카소네 쪽을 돌아보는 마유코.

뭐 하는 거야?! 하고 나답지 않게 면박을 줄 뻔했다.

대체 뭘 물어보는 건데. 그리고 왜 그냥 순순히 물러나는 건데. 하지만 그 장본인인 마유코가 제일 놀라고 당황한 표정을 짓고 있었으므로, 그 녀석한테도 이것은 예상치 못한 사태임을 알 수 있었다. 너무 긴장해서 패닉 상태에 빠진 것이리라.

나카소네는 기막혀하면서도 은근히 다정한 표정으로 짧은 한숨을 쉬더니 입을 열었다.

"커플 그랑프리 진행은 안 한다고? 그럼 그 시간에는 한 가하겠네."

그 질문에 사루가야가 대답했다.

"응, 맞아. 기획 회의에는 참여했지만, 실행 위원회에서 내가 맡은 역할은 주로 각 학급이 준비하는 이벤트를 파악하고, 사용 장소의 확인 신청을 하는 거니까. 당일에는 할 일은 없어. 아무튼 메이드 카페나 코스튬 플레이 카페를 하는 학급을 사전에 확인할 수 있는 것은, 실행 위원의 특권이라고 할 수 있지. 마사이치 나리한테는 내가 특별히 정보를 알려줄 수도 있는데. 왜냐하면 우리는 영혼의 소울——."

"아냐, 됐어."

내가 즉시 거절하는 사이에 토이로는 "마유야!" 하고 소리 죽여 말을 걸고 있었다. 나카소네가 화제를 돌려줬으니까. 다시 기회가 찾아온 것이다.

토이로도 격려하는 것처럼 끄덕끄덕 고갯짓하자, 마유코는 침을 꿀꺽 삼키더니 한 번 크게 고개를 끄덕였다. 그리고 다시 사루가야를 돌아봤다.

"사루가야! 저기, 꼭 둘이서 참가해야 하는 이벤트가 있는데…… 같이 참가해주지 않을래? ——커, 커플 그랑프리에…….”

점점 성량이 줄어들더니 마지막에는 꺼질 듯이 희미한 목소리로 변했다. 그래도 끝까지 말한 마유코는 머뭇머뭇 눈을 들어 사루가야를 쳐다보면서 그의 반응을 살폈다.

“나, 나랑 같이 한다고?”

사루가야는 입을 딱 벌리고 있다가 손가락으로 자신을 가리키면서 물어봤다. 마유코는 “으, 응” 하고 몇 번이나 고개를 위아래로 흔들었다.

“나, 나라고……?”

그런데도 놀라움을 숨기지 못한 표정으로 재차 확인하는 사루가야. 그러나 잠시 후 마유코가 진심이란 것을 깨달았는지, 그는 그 자리에서 자세를 바로 하고 똑바로 마유코를 바라봤다.

“나, 나 같은 녀석도 괜찮다면, 기꺼이…….”

“응! 그, 그럼, 잘 부탁할게──.”

마유코는 벌떡 일어나 빙글 돌아섰다. 그리고 양손으로 뺨을 감싸고 나카소네 쪽으로 뛰어갔다. 기뻐서 그러는지 아니면 부끄러움을 숨기고 싶어서 그러는지, 그대로 나카소네의 품에 뛰어들어 쇄골 근처에 얼굴을 묻어버렸다.

그동안 사루가야도 여기 있는 유일한 남자 동료인 나를 돌아보고 있었다.

지금까지 그 녀석이 나와 애니메이션 토크나 변태 같은

이야기를 할 때는 보여준 적이 없었던 표정. 쑥스러워하면서 헤헤 웃는 표정을 짓고 있었다.

*

머나먼 서쪽 하늘에서 저녁 해가 점점 선명해지면서 밑으로 가라앉고 있었다. 머리 위에 펼쳐진 하늘은 군청색이었다. 주위의 공기는 평소보다 더 맑았다.

학교에서 나올 무렵에는 이미 가로등 불이 켜져 있었다. 제2의 하교 러시라고 해야 할까. 동아리 활동을 마치고 여러 집단으로 무리지어 나온 학생들이 교문 앞에서 잘 가! 하고 서로 인사하고 있었다.

나는 동아리에는 가입하지 않았으므로 그동안 이런 시간대에 하교할 일은 거의 없었다. 그래서 그 광경이 신선해 보였다.

"마유가 성공해서 다행이야."

"맞아, 진짜로. 한때는 어떻게 될까? 하고 걱정했다니까."

토이로와 둘이서 대화를 나누면서 집으로 돌아갔다.

"그랑프리에서 생각보다 선전하다가 자연스럽게 사귀게 된다——그렇게 될 가능성도 있을까?"

"의외로 있을 것 같은데? 그런 커플도."

"응, 그런 것도 있을 수 있지."

이윽고 주택가에 들어섰다. 주위에 사람이 없어지자 톡 톡 하고 토이로의 서늘한 손가락이 내 손등을 건드렸다.

톡톡.

두 번째 신호. 이에 호응하듯이 나는 말없이 토이로의 손을 잡았다.

이것도 연인 작업인 거겠지. 그런데 단순하고도 직접적인 그 작업에 나도 모르게 가슴이 두근거렸다. 진짜 연인들끼리 할 것 같은 자연스러운 행동이었다.

――진짜 연인들이라…….

그렇게 내가 잠시 생각에 잠겼을 때.

"커플 그랑프리. 기대된다."

내 손을 잡고 걸으면서 토이로가 그런 말을 했다.

"응. ……과연 어떻게 될까?"

사람들에게 우리의 모습을 보여주면서 '우리가 잘 어울리는 커플이란 것'을 카스카베한테 알려주려면, 우선 그랑프리에서 연전연승을 해야 한다. 당연히 이긴다는 식으로 작전을 짰지만 실제로는 정말 괜찮은 걸까. 경쟁자 중에는 상급생도 있고, 몇 년이나 사귄 커플도 있을 것이다. 임시 커플인 우리의 능력이 과연 어디까지 통할지…….

그런 내 걱정을 날려버리듯이 밝은 목소리로 토이로가 말했다.

"그야 물론! 우리가 우승할 거야!"

생긋 웃는 그 얼굴을 보니 내 마음이 가벼워졌다.

토이로는 "기대된다"라고 말했다. 아마 그것은 거짓 없이 솔직한 토이로의 심정일 것이다. 커플 그랑프리라는 이벤트를 둘이서 즐기고 싶은 것이다.

"응, 맞아!"

특별한 축제니까. 더구나 토이로와 함께 참가하는 이벤트니까 틀림없이 즐거울 것이다.

내가 동의하는 것을 본 토이로는 기쁘게 웃었다. 그리고 "좋아, 힘내자!"라고 하면서 맞잡은 손을 위로 번쩍 들어 올렸다.

☆

포옹 챌린지를 할 때도 언뜻 그런 생각을 했던가. 정말로 사귀지 않는데도 이런 일을 할 수 있는 입장이라는 것이 너무나 고마웠다. 나는 그런 생각을 하면서 마사이치의 손을 더 세게 잡았다.

연인에게만 주어지는 특별한 기쁨을 내가 이렇게 누려도 되는 걸까. 몇 번이나 그런 고민을 했는데, 이에 대해서는 전에 이미 결론을 내렸다. 조금쯤은 이 관계를 이용해도 되지 않을까? 하고 개인적으로는 납득한 것이다.

게다가 참을 수가 없었다. 멈출 수가 없었다. 비겁한 짓일지도 모르지만, 역시 이 관계에 의지하게 되는 것이다.

왠지 좀 폭주하는 느낌도 들었다. '좋아한다'는 것은 아마도 이런 걸까?

그리고…… 마사이치는 이런 나를 어떻게 생각하고 있을까. 그게 은근히 신경 쓰이기도 해서…….

힘내자! 하고 번쩍 들었던 손을 내린 후, 나는 맞잡은 손을 앞뒤로 흔들면서 걸었다. 마사이치가 복수하는 것처럼 힘차게 손을 흔들자, 나는 그보다 더 세게 휙휙 흔들었다. 하지만 아무리 심하게 흔들어도 우리 둘 다 손을 놓지는 않았다.

"학교 축제까지는 이제 한 2주 남았나?"

"응. 일주일 좀 넘게 남았지."

"그렇구나. ……조금 있으면 12월이네."

어느새 해가 져서 주위는 완전히 어두워졌다. 겨울이 천천히 등 뒤에 다가오고 있는 것 같았다.

만약에 커플 그랑프리에서 우승한다면, 틀림없이 주변 사람들은 다들 우리를 커플이라고 인정해줄 것이다.

'진짜 사귀는 건가?'란 생각이 '진짜 커플이구나'로 바뀌는 것이다.

하지만 그것이 실제와는 다르다는 사실을——지금의 나는 외면하려 하고 있었다.

〈4〉 이 세상은 그야말로 학교 축제 러시

학교 축제 3일 전. 다른 학급에 비하면 느긋하게 준비해나가던 1학년 1반도 이쯤 되니 아무래도 좀 바빠지게 되었다.

동아리 활동을 우선시하던 사람들도 점점 이쪽으로 모이기 시작했다. 마지막으로 이벤트의 질을 향상시키기 위해 이것저것 해보는 것이다.

아니, 그나저나 지금까지 어찌어찌 매일 준비를 도왔던 나를 누가 좀 칭찬해줬으면 좋겠다. 하기야 기획 제안자로서 책임을 느끼고 자진해서 참가한 거였지만. 운영진 여러분, 이거 출석 보상 같은 것은 없나요?

기누스 기록 종목은 엄선해서 열 개로 정했다. 지금은 운동부 애들이 실제로 기록에 도전하면서, 계측 과정에서 무슨 문제가 생기지 않는지 확인해보는 중이었다. 그야말로 최종 점검 단계였다.

다른 친구들은 모를 테지만, 실은 이렇게 준비하는 도중에도 직접 실천하면서 즐길 수 있다는 것이 내가 이 기누스 기록을 제안한 이유 중 하나이기도 했다. 원래 내가 이런 식으로 재미있게 놀아주길 바란 상대는 토이로였지만. 그리고 그 토이로는 친구와 잡담하고 웃으면서 교실 뒤쪽의 칠판에 낙서하고 있었지만……

그런데 뒤쪽 칠판에 큼직하게 그려져 있는 '메이호쿠 축제'라는 레터링. 저 정도면 낙서가 아니라 예술이잖아? 도대체 누가 썼을까. 신기하게도 한 반에 한 명씩은 저렇게 기막히게 예쁜 글씨를 쓰는 녀석이 있는 것 같은데, 나만 그렇게 느끼는 걸까⋯⋯?

나는 멍하니 서서 그 광경을 바라보고 있었다. 그런데 그때.

"마사이치 나리, 시간 좀 있어?"

뒤에서 누가 내 어깨를 콕콕 찔렀다. 뒤를 돌아보니 사루가야가 엄지로 복도 쪽을 열심히 가리키고 있었다.

"왜?"

나는 그렇게 물어보면서 복도로 나갔다.

"마사이치 나리, 지금 한가해?"

"어―⋯⋯. 정말 유감이지만⋯⋯ 공교롭게도 한가한 것 같네."

"왜 그렇게 애석해하는 거야?"

아니, 그야 뭐. 그 질문은 아무리 봐도 귀찮은 일을 부탁하려는 징조잖아.

"아무튼 마침 잘됐다. 너의 그 남아도는 시간을 조금만 나한테 빌려주지 않을래?"

이럴 줄 알았어⋯⋯.

"나리, 저것 좀 봐."

결코 시간이 남아도는 것은 아니다, 우리 1반의 축제를 성공시키기 위해 머릿속으로 이것저것 생각하는 중이다——라고 핑계를 늘어놔 볼까? 잠시 그렇게 망설였지만, 그것도 또 귀찮아서 관뒀다. 제발 변태 행위에 나를 끌어들이지만 마라. 나는 속으로 기도하면서 사루가야가 턱짓하는 방향을 돌아봤다.

"……응? 간판?"

그곳에는 '교실 플라네타륨'이라고 골판지에 적어놓은 휴대용 간판이 세워져 있었다. 아니, 정확히 말하자면 복도 벽에 기대어져 있었다. 아마도 근처의 어느 학급이 제작한 이벤트용 호객 소품일 것이다.

"응, 정답이야. 역시 나리는 눈치가 빠르다니까."

"아니, 난 아직 아무것도 눈치채지 못했는데."

"그래? 뭐, 내가 하고 싶은 이야기는 간단해. 우리 반에는 저런 안내 간판이 없잖아?"

"아, 하긴, 그러네."

교실 앞에 게시해둘 이벤트 제목 간판은 준비해놨지만, 저렇게 이동시킬 수 있는 간판은 만들지 않았다. 이래 봬도 날마다 방과 후 늦게까지 남아서 준비를 도왔으니까. 이 학급 내에서 어떤 작업이 진행됐는지는 대충 알고 있었다.

"우리 1학년 1반 교실은 건물의 오른쪽 위 귀퉁이에 있잖아? 계단 너머의 안쪽에 있어서, 다른 교실로 가는 도중에

있는 것도 아니고. 비교적 손님을 모으기 어려운 환경이라
고 할 수 있지. 일단 실행 위원회가 관람 코스를 정해서 게
시할 예정이긴 한데, 아무래도 손님들은 저절로 북적북적
한 이벤트 밀집 지역으로 가게 되지 않겠어?"

"그렇구나……. 즉, 저런 간판이 실은 우리 반에 꼭 필요
하다는 거지?"

"큭큭큭. 드디어 눈치챈 거야? 우리 반의 운명을 가를
이 중대한 사태를. 그리고 그 운명은 우리의 오른팔에 달
려 있어──."

"우와…… 뒤늦게 중이병에 걸렸구나……."

그렇게 엄청난 일은 아니라고 생각하는데…… 하지만
사루가야는 느리게 고개를 옆으로 흔들었다. 그리고 은근
히 따뜻한 눈동자로 교실 안을 바라봤다.

"이제야 겨우 우리 반 친구들 모두가 일치단결하기 시작
했잖아. 멋진 결과물이 나올 거란 예감이 들어. 그러니까
그 훌륭하고 귀한 이벤트를, 최대한 많은 손님이 봐줬으면
좋겠어."

"뭐, 그건 그렇지……."

드디어 많은 사람이 준비에 참여하게 되었고 반 전체가
활기를 띠었다. 학교 축제까지는 며칠 남지 않았다. 반 전
체의 사기를 가능한 한 이대로 유지할 필요가 있었다.

"응, 그래서 말인데. 나리. 우리끼리 간판을 만들지 않

을래? 사실 나는 종종 실행 위원으로 일하러 가야 하지만."

"아, 그래. 그런 거라면……."

결국 한가해서 '뭔가 할 일이 없나?' 하고 찾고 있었던 것은 사실이니까. 꼭 해야 할 일이 있다면, 내가 해야 할 것이다.

"역시 우리 나리야. 동지여!"

"아니 뭐, 이건 일이잖아. 그럼 슬슬 시작해볼까?"

"앗, 미안해, 나리. 시작부터 이래서 미안한데, 오늘은 이제 실행 위원 일을 하러 가야 해서…… 미안하지만 먼저 재료 준비를 해주지 않을래? 동지여!"

"시작한 지 5초 만에 배신하는 동지라니! 경천동지로다!"

나도 모르게 질 낮은 구닥다리 개그를 하고 말았다.

하지만 어쩔 수 없는 상황이었다. 그리하여 나는 혼자 골판지 상자를 찾아 여행을 떠나게 되었다.

*

나는 전혀 몰랐는데, 지금 이 세상은 그야말로 학교 축제 러시인가 보다.

근처에 있는 중고등학교도 이제 곧 학교 축제가 열리는 모양이다. 그래서 마트에서 골판지 상자를 입수하려면 격전을 치러야 했다. 학교에서 가까운 상점을 한 군데, 두 군데 둘러봤는데 버리는 상자는 모조리 동이 나 있었다. 그러다가 세 번째로 간 드러그스토어에서 친절한 직원을 통해 '다른 학교 학생들이 먼저 와서 상자를 가져갔다'는 정보를 얻게 되었다.

"세상에……."

가게 밖으로 나와서 무심코 혼잣말을 했다.

설마 이렇게 이 세상에 상자 품귀 현상이 일어난 줄은 몰랐다.

그리고 그 상자 쟁탈전에 어느새 내가 휘말리게 될 줄이야. 만화 같은 데서 갑자기 데스 게임에 억지로 참가하게 된 주인공도 이런 기분이 아니었을까(아마도 아닐 테지만). 그리고 대체로 그런 주인공은 자기도 모르는 사이에 특수 능력을 보유하고 있다. 멋있어.

그나저나 재료를 구하지 못하면 아무것도 시작할 수 없는데……. 하는 수 없이 나는 학교에서 점점 멀어지면서 가게를 찾아 헤매게 되었다. 저녁놀이 지기 시작한 시간이라 주변은 아직 밝았다. 나는 휴대폰으로 시간을 한 번 확인한 뒤 각오를 다졌다.

근처에 있는 역을 그냥 지나쳐서 그다음 역으로 향하는 길을 걸어갔다. 그때 좀 허름해 보이는 마트의 간판이 눈에 띄었다. 돌아갈 때 상자를 들고 가야 한다는 점도 생각한다면, 도보로 찾아올 수 있는 가게는 여기까지가 한계일 것이다.

들어가자. 나는 그렇게 결심하고 걸음을 서둘렀는데…….

가게 주차장이 보이는 곳까지 왔을 때, 마트 앞에 있는 불빛이 번쩍번쩍한 건물이 저절로 내 시선을 사로잡았다.

게임 센터였다.

두근두근. 심장이 강하게 뛰는 소리가 몸속에 울려 퍼졌다. 이런 곳에 게임 센터가 있었다니. 마주친 이상 어쩔 수 없다. 들르는 것이 숙명. ……잠깐 들르는 것은 괜찮겠지.

새로 발견한 게임 센터의 현지 조사를 하는 것이다. 어떤 게임 기계가 있는지 확인해볼 의무가 있었다. 그런 명목으로 나는 게임 센터 입구로 향했다.

건물의 외관만 봐도 알 수 있듯이 내부는 상당히 좁은 게임 센터였다. 크레인 게임처럼 경품을 주는 종류의 게임은 적었고, 격투 게임이나 리듬 게임, 역사를 소재로 삼은 대전 게임, 경마나 마작 같은 코너가 크게 배치되어 있었다. 그중에는 꽤 오래된 게임 시리즈도 있었다.

이거 의외로 숨은 보물을 찾아낸 걸지도 모른다.

그렇게 나는 두근거리는 마음으로 게임 센터 안을 둘러보고 있었는데.

그때 격투 게임 기계 앞에서 찰칵찰칵! 하고 유난히 격렬하고 화려한 손놀림을 선보이고 있는 사람이 눈에 띄었다.

……어라?

나는 무의식중에 확인하듯이 그 남자를 다시 봤다. 같은 메이호쿠 고등학교 교복이었다.

——카, 카스카베?

놀랐다. 왜 저 녀석이 여기에 있지……? 하지만 그런 의문은 제쳐두고 나는 그저 그의 손놀림에 정신이 팔려버렸다.

평소에 격투 게임은 거의 안 해봤지만, 그래도 저 녀석의 실력은 일목요연했다. 빠르고 섬세한 손놀림. 초조하게 아무렇게나 찰칵찰칵 레버를 움직이지도 않았다. 힐끔 화면을 봤더니 체력 게이지는 1mm도 줄어들지 않았다.

역시 저번에 건 슈팅 게임을 플레이하는 모습을 보고도 느꼈는데, 저 녀석은 상당히 게임을 좋아해서 열중하는 타입인 것 같았다. 이렇게 혼자 게임 센터에 올 정도로.

내가 무심코 넋을 잃고 바라보는 사이에 그 대결은 끝이 났다. 카스카베의 압승이었다. 그는 가볍게 어깨를 푸는 것처럼 빙빙 돌리더니 허리도 좌우로 비틀었다. 그런데 그때.

"앗……."

눈이 딱 마주쳤다. 당연히 상대도 나를 알아보고 놀라서 눈을 크게 떴다.

나는 살짝 고개를 까딱하면서 인사했다. 그러자 카스카베는 손을 들어 인사하면서 헤실헤실 웃었다. ——그 후에도 계속 이쪽을 보고 있었다.

……아니, 잠깐만. 보통 이런 상황에서는 목례만 하고 끝나는 거 아냐? 이래서 인싸는 무섭다니까.

주변의 게임 소리가 시끄러워서 이 거리에서는 대화할 수 없었다. 그래서 어쩔 수 없이 나는 카스카베에게 다가 가기로 했다. 실은 저 녀석한테 물어보고 싶은 것도 있었 으니까. 뭐, 마침 잘됐다고 생각하자.

"왠지 묘하게 뜨거운 시선이 등 뒤에서 느껴진다 했더니. 너였구나?"

"그 정도 실력이면 언제나 구경꾼들이 모여들지 않아?"

"뭐, 그렇지. 너도 할래?"

카스카베는 피식 웃더니, 방금 자신이 가지고 놀았던 게 임 기계를 턱으로 가리켰다.

"아니, 미안하지만 격투 게임은 진짜 못하거든. 보다시 피 평화주의자라서."

"말은 참 잘해요. 에어 하키를 할 때 호전적으로 빛나던 네 눈빛은 잊을 수 없거든? 그때 진 빚을 갚을 기회라고 생각했는데."

다음 시합이 시작됐나 보다. 나와 이야기하면서 카스카 베는 레버와 버튼을 조작하기 시작했다. 집중을 안 해도 되나? 하고 걱정했지만, 그에게는 필요 없는 걱정이었다. 그는 복잡한 콤보를 쉽게 성공시켜 상대를 날려버리고 있 었다.

"그런데 왜 이런 곳에 와 있어?"

화면에 시선을 고정한 채 카스카베가 질문을 던졌다.

"그건 내가 할 말인데……. 나는 우리 반에서 쓸 골판지 상자를 찾으러 왔어. 근처에 있는 마트나 드러그스토어에서는 구할 수 없었거든."

"그랬구나. 사정은 비슷하네. 나도 상자를 얻으러 간다 ──는 구실로 교실에서 빠져나왔으니까."

"구실?"

그의 옆얼굴을 향해 물어봤다.

"우리 반은 연극을 하기로 했어. 그 배우랑 스태프의 작업이 완전히 분리되어 있거든. 나는 일단 배우이긴 한데, 전체 연습이 끝나니까 더는 할 일이 없더라고. 그런데 스태프 쪽도 작업 인원은 이미 충분한 것 같아서."

"그래서 땡땡이를 치는 중이라고?"

"돌직구네. 에이, 그런 거 아니야. 일을 방해하지 않으려고 신경을 써준 거지."

농담이라도 한 것처럼 후훗 하고 웃는 카스카베. 그 눈동자는 게임의 빛이 반사되어 반짝거리고 있었다.

"일부러 학교에서 멀리 떨어진 곳에 와서 놀고 있잖아. 양심에 찔려서 그런 거야?"

"인터넷에서 본 적이 있어서 예전부터 한번 여기 와보고 싶었어. 요즘에는 보기 드문 옛날 게임 시리즈가 잘 갖춰져 있기도 해서."

"아, 응, 그러네. 고전 게임도 있고. 좋은 게임 센터인 것 같아."

"역시 이해해주는구나? 그리고 만약에 이게 땡땡이라면 너도 피차일반이야."

하긴 그렇다. 상자를 찾는 도중에 게임 센터에 들른 시점에서 나도 땡땡이 혐의가 있는 셈이다.

뭐, 카스카베의 행동 하나를 꼬투리 잡아서 공공연하게 비난할 마음은 처음부터 없었지만. 아마 카스카베도 마찬가지일 테고.

또다시 압승으로 시합을 마친 카스카베가 웃으면서 이쪽을 돌아봤다.

"아무튼 잘됐어. 너하고는 이야기를 좀 해보고 싶었거든."

"나하고?"

그는 고개를 끄덕이면서 일어났다. 게임은 끝났나 보다.

"자, 그럼 다시 일하러 갈까."

그러더니 출구 쪽으로 걷기 시작했다.

사회인이 휴식을 마치고 다시 한번 열심히 일하려고 하는 느낌의 대사였다. 왠지 멋져. 다만 그 일이란 것은, 폐기된 상자를 모으는 것이지만……

이야기나 하면서 같이 가자는 뜻인가 보다. 나도 카스카베에게 물어볼 것이 있었고, 우리의 원래 목적도 같았으므로 그래도 상관없었다.

그런데 카스카베는 나와 무슨 이야기를 하고 싶은 걸까?

그런 생각을 하면서 나는 카스카베를 따라 게임 센터에서 나갔다. 그때 다른 학교 남학생 2인조와 스쳐 지나간 것은 어렴풋이 인식은 했다.

그런데——.

"야! 너. 거기 서봐."

음절 하나하나가 꾹꾹 눌린 것처럼 위협적인 목소리가 불쑥 날아와 등을 때릴 줄은 전혀 몰랐다.

나는 놀라서 뒤를 돌아봤다.

좀 전에는 자세히 보지 않았는데, 이제 보니 불량 학생 같은 두 사람이었다. 한 명은 금빛 머리카락을 거의 스님처럼 빡빡 깎았고, 나머지 한 명은 갈색 머리카락을 길게 길렀다. 둘 다 교복을 아무렇게나 입고 있었다. 귀에는 귀걸이를 했고, 풀어 헤친 가슴팍의 맨살 위에서는 체인 목걸이가 빛나고 있었다.

뭐지? 내가 무슨 짓이라도 했나? 아니면 괜히 시비를 거는 걸까?

그냥 째려보는 것쯤은 전혀 상관없었다. 세리나 누나가 나를 째려보는 안광이 훨씬 더 날카로웠고, 또 누나를 찾아 우리 집 근처까지 온 불량배한테 걸려본 적도 있으니까. 이 정도는 익숙했다.

하지만 실력 행사로 넘어간다면 이야기는 달라진다. 좀 전에 말했다시피 나는 평화주의자니까. 피하는 것이 이기는 것이란 말도 있는데…… 아니 뭐, 져도 상관없으니까 그냥 빨리 도망이나 치자.

나는 대각선 뒤쪽에 있는 카스카베를 힐끔 봤다. 그는 사고가 정지돼버린 것처럼 멍하니 불량 학생들을 바라보고 있었다. 그 표정을 보고 '어라?' 하고 생각했다. 다시 한번 불량 학생들을 봤다. 그랬더니 두 사람의 눈도 똑바로 카스카베를 보고 있는 것 같았다.

"야, 너 카스카베 맞지?"

금발 불량 학생이 그렇게 말했다. 카스카베는 입을 다물고 있었다.

"많이 변했네? 처음에는 못 알아봤어. 왜 그렇게 됐냐? 이미지 변신이야? 여자한테 잘 보이고 싶어서?" 하고 장발 불량 학생이 말했다.

그러자 카스카베가 장단을 맞추는 것처럼 어색한 미소를 지으며 입을 열었다.

"그, 그런가? 별로 달라진 것은 없는데——."

"아니, 그런데 뭐야? 메이호쿠 교복이냐? 왜 그런 곳에 갔어? 너무 멀지 않아?"

금발 불량 학생이 카스카베의 말허리를 끊으면서 말했다.

"아— 알았다. 과거를 버리고 싶었구나? 건방진 놈."

장발 불량 학생이 그렇게 말을 잇더니 성큼성큼 내 옆을 지나쳐 카스카베에게 다가갔다. 가슴을 활짝 펴고 몸을 가까이 들이대면서, 위에서 카스카베의 얼굴을 내려다봤다.

　"야, 우리 지금부터 게임 센터에 갈 건데. 오랜만에 돈 좀 빌려주라, 응? 3만 엔."

　카스카베는 이 자리가 불편한 것처럼 몸을 움츠렸다. 시선을 피하면서 "헤헤헷" 하고 애매하게 웃었다.

　"야, 내놔."

　"아니, 저기, 아무리 그래도 3만 엔은 없어. 진짜로."

　"뭐? 그럼 어쩔 건데?"

　"어, 어쩔 수 없지."

　"뭐라고?"

　장발 불량 학생이 카스카베의 멱살을 잡았다.

　옆에서 가만히 지켜볼 생각이었는데 이제는 슬슬 그럴 수 없는 상황이 되었다. 어떻게든 말려 봐야겠다 하고 움직이려고 했는데, 그때 금발 불량 학생이 내 옆을 지나쳐 가면서 말했다.

　"야, 관둬. 이번에 또 고자질 당하면 큰일 나잖아. 이런 녀석은 그냥 내버려 둬."

　금발 불량 학생은 장발 불량 학생의 손목을 붙잡더니 그를 카스카베한테서 떼어놨다. 그러자 장발은 혀를 차면서 금발의 뒤를 따라 게임 센터 안으로 들어갔다.

게임의 소음이 자동문에 가로막혔다. 갑자기 사방이 조용해졌다.

나는 카스카베를 돌아봤다. 괜찮아? 하고 물어보려고 했는데, 그때 카스카베가 아무 문제도 없다는 듯이 가볍게 손을 들었다. 그리고 흐트러진 옷깃을 정돈하면서 걷기 시작했다. 나도 그 뒤를 따랐다.

한동안 침묵의 시간이 흘렀다.

대충 짐작은 할 수 있었다. 카스카베가 과거에 저 불량 학생들과 무슨 관계가 있었다는 것——아마도 집단 괴롭힘을 당했다는 것은. 솔직히 말해 깜짝 놀랐다.

반대로 카스카베의 입장에서는 들켜버렸다——란 심정일지도 모른다. 이 상황에서 내가 먼저 말을 걸기는 무척 어려웠다.

무거운 침묵을 견디기 힘들었던 걸까. 마트 주차장까지 왔을 때 카스카베가 멈춰 섰다.

"……방금 있었던 일, 토이로한테 말할 거야?"

그것은 예상치 못한 질문이었다. 전혀 그럴 마음은 없었다. '옛날에 집단 괴롭힘을 당했다'는 사실이 토이로한테도 전해져서 그 애가 자신을 멀리할까 봐 걱정하는 걸까.

"아니, 별로."

내가 그렇게 대답했는데도 카스카베는 "별로라니, 뭔데?" 하고 집요하게 물어봤다.

"별로 남한테 말할 생각은 없는데? 네가 그렇게 물어본다는 것은, 말하지 말았으면 좋겠다는 거잖아? 그럼 나도 말 안 할래."

이런 일을 이야기해봤자 어차피 토이로는 그렇게 표면적인 일만 가지고 카스카베를 평가하지는 않을 테지만. 상대가 숨기고 싶어 하는 비밀을 굳이 떠벌리고 다닐 필요도 없었다.

그런데 이게 또 카스카베의 역린을 건드린 모양이다.

"나 참……. 뭔데? 너 지금 토이로의 남자 친구라고 여유 부리는 거야?"

팔짱을 끼고 이쪽을 보면서 눈을 가늘게 뜨는 카스카베.

"아니, 전혀 그런 것은 아닌데……."

"그래, 참 좋겠다. 교내 No.1 미소녀의 남자 친구라는 칭호를 획득해서 우월감에 젖어 있는 거지? 거참 기분이 좋으시겠어."

그는 체면 차리는 것도 관두고 입꼬리를 끌어올려 피식 웃으면서 말했다.

애초에 우리는 임시 관계였다. 절대로 그럴 일은 없었다.

여유가 있는 것도 아니었다. 카스카베를 동정한 것도 아니었다. 단지 이 녀석이 과거에 집단 괴롭힘을 당한 것 같다는 이야기를 떠벌리고 다녀봤자 의미가 없지 않나? 하고 생각했을 뿐이다.

그런데 카스카베에게 그것은 사활이 걸린 문제인가 보다. 메이호쿠 고등학교에서는 그 비밀을 끝까지 지킬 생각이었을지도 모른다. 그런데 지금 들켜서 초조해하는 건가……?

"너한테서는 정말로 '좋아한다'는 감정이 안 느껴져."

이어서 카스카베는 그런 말을 했다.

이번에는 심장이 한순간 세게 뛰었다. 카스카베한테 이런 말을 들을 줄이야.

토이로에 대한 내 감정이 '좋아한다'는 감정인지 아닌지. 곰곰이 생각해보다가 얼마 전에 '지금 당장은 모르겠다'라고 결론을 내린 참이었다.

"카에데한테서 들었어. 토이로는 카에데뿐만 아니라 주변 사람들한테도 네 이야기를 자주 한대. 데이트라든가 너의 장점에 관한 이야기를. 그런데 너는 토이로를 생각하는 모습이 전혀 안 보여."

가슴이 좀 뜨거워졌다. 토이로가 나를…….

하지만 그렇다고 해도 그 이야기를 여기서 꺼낼 줄이야……. 우리의 사정은 전혀 모르는 주제에. 저절로 그런 생각이 들었다.

"그 정말로 '좋아한다'는 것이 뭔지, 너는 알아?"

나는 무의식중에 그렇게 대꾸하고 있었다.

"토이로와 후나미 중에서 누구를 좋아하는데? 여기서 확실히 해봐. 어때?"

카스카베는 윽 하고 침 삼키는 소리를 냈다.

이 녀석이 도대체 누구를 좋아하는지 확인하고 싶었는데, 그는 그대로 입을 다물어버렸다.

그런데 "토이로"라고 즉시 답하지 않은 것이 의외이기도 했다. 어쩌면 후나미한테도 충분히 가능성이 있는 게 아닐까.

"······확실히 하라고?"

잠시 침묵한 끝에 카스카베는 한마디 중얼거렸다. 땅바닥의 어느 한 곳을 가만히 응시하면서 뭔가 생각하는 듯한 표정이었다.

이윽고 그는 시선을 떼고 천천히 고개를 들었다.

"······미안. 내가 좀 이성을 잃었던 것 같아."

카스카베는 나에게 사과하더니 몸을 홱 돌렸다.

"어? 잠깐만!"

나는 그를 불러 세웠지만, 결국 그날 카스카베는 먼저 그곳을 떠나버렸다.

*

카스카베의 뒷모습이 완전히 사라진 후. 나는 그 자리에서 혼자 하늘을 우러러보며 우두커니 서 있었다.

생각해야 할 문제가 꼬리에 꼬리를 물고 계속해서 나의

뇌를 덮치는 듯한 감각이었다.

즉시 가게에 들어가 상자를 모아 온다? 아니, 그렇게 쉽게 태세 전환을 하기는 어려웠다.

"휴" 하고 숨을 한 번 내쉬었다. 그리고 나는 비틀비틀 주차장 구석의 화단 쪽으로 걸어갔다.

카스카베의 말은 확실히 옳을지도 모른다.

나는 계속 토이로 곁에 있고 싶다고 생각하지만, 진짜 남자 친구는 아니다. 그 감정이 '좋아하는 감정'인지 아닌지는 지금으로선 모르겠다는 것은 자신도 알고 있었고——그렇다면 당연히 '좋아하는 감정'이 느껴지지 않는다는 말을 들어도 납득하고 받아들여야 할 것이다.

하지만. 그렇다면 내 가슴속에 있는 이 감정은 무엇일까?

정체를 모르겠다면, 어째서 나는 내 안에 있는 그 수수께끼의 감정을 방치해두고 있는 걸까——?

토이로와 연인 같은 작업을 할 때마다 뭐라 형언할 수 없는 두근거림을 맛보면서도, 이 어중간한 상태에 위화감을 느낀 적이 지금까지도 몇 번이나 있었다. 그러나 토이로와 함께 있는 시간을 즐기면서 일부러 그런 생각은 봉인했었다. 무의식중에 그 감정과의 정면 대결을 피했던 것이다.

하지만 계속 이대로 있으면 안 될 것이다.

그 사실도 어렴풋이 눈치채고 있었다.

자기 일인데도 혼란스러웠다. 생각이 몹시 복잡하게 뒤엉켜 있었다.

아무튼 우선 정면으로 마주 봐야 할 것이다. 왜 그것을 멀리하고 있었는지, 스스로 생각하고, 정리하고, 이해해야 한다.

어느새 짙어진 저녁 해가 하늘을 은색으로 물들이고 있었다. 나는 눈부셔서 눈을 가늘게 떴다.

아침에 현관문을 열었더니 싸늘한 공기가 뺨에 닿았다. 구름이 적고 맑은 가을날이었다.

슬슬 머플러를 꺼내야 할 계절인가······. 그런 생각을 하면서 블레이저 재킷의 옷깃 속으로 숨듯이 목을 움츠렸다. 그대로 도로로 나가서 걷기 시작했는데, 그때 찰칵! 하고 옆집에서 뜻밖에도 문 열리는 소리가 났다.

"앗, 마사이치! 잘됐다! 나이스 타이밍!"

토이로가 활짝 웃으며 이쪽으로 달려왔다. 이런 반묶음 당고머리 헤어스타일은 처음 봤다. 동그란 당고 뭉치 아래의 부드럽게 말린 머리카락은 토이로가 한 걸음 걸을 때마다 둥실둥실 춤을 췄다.

"빨리 나왔네. 웬일이야? 평소 같으면 잘 시간이잖아."

"그야 물론 메이호쿠 축제 첫째 날이니까! 내가 원치 않아도 저절로 눈이 떠지던데? ······원치 않아도."

"실은 좀 더 자고 싶었던 거야?"

"나 참, 학교 축제에 대한 기대감은 엄청나게 수면을 방해한다니까."

"뭔가 좀 복잡하네······."

즐겁게 기대하는 마음과 좀 더 자고 싶다는 상반된 마음이 토이로 안에 동거하고 있었나 보다.

"하지만 그 덕분에 너와 같은 시간에 나오게 됐으니까. 같이 가자, 응?"

토이로는 후후 웃더니 내 옆에 나란히 섰다.

"오랜만이네. 같이 등교하는 것은."

그러면서 나는 토이로와 둘이 걷기 시작했다.

"아, 맞다. 세리나가 저번에 말했던 실내복을 사 온 것 같아. 추리닝 같은 옷. 커플룩으로."

"뭐—? 어휴, 그럴 필요 없는데—. 또 고맙다고 해야겠네. 그런데 세리는 센스가 좋으니까 은근히 기대도 되는데?"

그런 잡담을 나누면서 느긋하게 걸었다.

그동안 나는 토이로를 힐끗 곁눈질로 봤다.

"……기합이 들어갔네. 헤어스타일도."

그렇게 슬쩍 화제를 던져봤다. 역시 여자 친구의 외모에 관해 아무 말도 하지 않는 것은 부자연스럽다고 생각한 것이다. ……남자 친구로서.

"그야 당연하지. 학교 축제잖아! 헤어스타일을 다 같이 통일하자고 약속했거든. 아— 진짜 힘들었어. 그걸 생각하면 일찍 일어나서 다행이었지."

"화장도 평소보다 진한 것 같아."

"앗—, 마사이치 군. 그런 경우에는 평소보다 더 예뻐 보인다고 말해주면 되는 겁니다. 남자 친구 레벨이 아직 낮구나. 좀 더 힘내서 경험치를 쌓아야 했나?"

"남자 친구 육성 게임이야?!"

내가 그렇게 한마디 하자, 토이로는 아하하 하고 밝게
웃었다.

"그런데 얼굴이 달라진 것은 눈치챘구나―? 응, 기합을
좀 심하게 넣었을지도 몰라."

"뭐 어때? 1년에 한 번 있는 학교 축제잖아."

나는 태평하게 그런 말을 했다. 그러자 토이로가 멈춰
서더니 몸 전체를 돌려 이쪽을 쳐다봤다.

"그것도 그렇지만, 그보다 더 중요한 게 있잖아?!"

나도 멈춰 서서 토이로와 마주 봤다. 물론 토이로가 하
는 말의 의미는 알고 있었다.

"……커플 그랑프리 말이지?"

"응! 오늘은 우리 커플 발표회를 하는 날이잖아?!"

우리는 학교 축제에서 남들과는 다른 목표를 가지고 있
었다. 커플 그랑프리 우승, 그리고 전교생을 상대로 우리
가 커플임을 알리는 것.

그러려면 토이로처럼 기합을 넣고 임해야 할 것이다. 커
플 그랑프리에서 무슨 일을 하게 될지는 몰라도…….

"토이로…… 그 헤어스타일, 예쁘다……."

늦었지만 나는 그렇게 말을 해봤다.

"와―, 참 일찍 말하네―."

토이로 씨, 완전히 국어책 읽는 듯한 말투군요. 하지만.

"그래도 난 진심이야."

내가 그렇게 똑바로 보면서 말을 잇자, 토이로는 "어, 아, 으, 응. 고마워" 하고 부끄러워하는 것처럼 시선을 옆으로 돌렸다. 손가락으로 머리카락 끝을 살짝 잡고 만지작거리기 시작했다.

어쩐지 나도 얼굴이 뜨거워졌다.

굳이 말할 필요도 없겠지만 토이로의 그 헤어스타일은 잘 어울렸다. 아니, 실은 얼굴이 예쁘니까 어떤 헤어스타일이든 잘 어울린다고 생각하지만…… 아무리 그래도 그건 너무 심한 칭찬인 것 같아서 민망했다.

그리고 이것은 또 별개의 감정인데, 이렇게 희귀한 헤어스타일을 보니까 오늘이 특별한 날이란 것이 실감 나서 점점 안절부절못하게 되었다.

"오늘은 열심히 해보자."

내가 그렇게 말하자 토이로도 나를 보면서 빙그레 웃었다.

"응! 꼭 이기자!"

우리는 굳게 쥔 주먹을 서로 가볍게 맞부딪쳤다. 그리고 축제가 벌어지는 학교로 둘이 함께 걸어갔다.

*

학교 축제가 시작되기 30분 전. 1학년 1반에서는 큰 문제가 하나 발생했다.

처음 교실 안이 술렁거리는 것을 눈치챘을 때는, 설마 내가 만든 미니 간판이 문제의 근원일 줄은 생각도 못 했는데…….

"저기, 마조노. 이게 뭐야……?"

내 자리에 앉아 있는 나에게 다가온 우리 반 반장 스즈키가 묘하게 머뭇거리면서 물어봤다. 그리고 등 뒤에 숨겼던 간판을 나에게 보여줬다.

그 간판에 적힌 글을 읽고 나는 눈을 크게 떴다.

『주인님의 기록, 계측합니다. 메이호쿠 메이드 기누스 기록!』

그 간판은 정확히 말하자면 내가 혼자 만든 것이 아니었다. 마지막으로 글씨를 적는 부분만 또 한 명의 공동 제작자에게 맡겼다. 간판 제작을 제안했으면서도 학교 축제 실행 위원이라 바쁘다면서 실제로는 거의 도와주지 않았던 그 남자.

아아, 본의 아니게 공범자가 된다는 것이 이런 거구나. 나는 정말 아무것도 모르는 사이에 사건에 가담해버린 것이다.

"……사루가야가 쓴 거야."

"역시 그 녀석이구나!"

내 말을 들은 스즈키가 소리를 꽥 질렀다.

"그 원숭이, 지금 어디 있어?"

그러면서 나카소네가 주위를 두리번거렸다. 참고로 토이로 같은 반묶음 당고머리였다. 의외로 잘 어울렸다.

"야, 야. 범인을 찾자!"

나카소네의 압력 때문일까. 남자들 몇 명이 벌떡 일어나 복도로 뛰어갔다.

아마 사루가야는 축제 직전의 실행 위원회 회의에 갔을 것이다. 그래도 축제가 시작되기 전에는 돌아올 것……이라고 생각했는데.

"안녕? 얘들아. 다 모여 있네. ……응? 어, 무슨 일이야? 다들 그렇게 뜨거운 시선으로 나를 쳐다보면 내 가슴이 두근거리잖아."

타이밍이 좋은 건지 나쁜 건지. 사루가야가 태평하게 웃으면서 교실 앞문 쪽에서 나타났다. 즉시 우리 반 학생들 몇 명이 사루가야를 붙잡았다.

"이게 뭐야?"

스즈키가 간판을 들이밀었다.

"오, 그걸 찾아준 거야? 안 그래도 지금부터 설명해야겠다고 생각했는데. 얘들아, 내 이야기를 좀 들어줄래?"

그런데 사루가야는 여유작작하게 이야기를 꺼냈다. 너무나 당연하다는 듯이 당당하게 구는 태도였다. 그래서 사루가야를 구속하고 있던 사람들의 손에서 힘이 빠졌다. 그 순간 자유로워진 사루가야는 창가의 자기 자리로 걸어갔다. 책상 옆에 걸어둔 쇼핑백을 집어 들더니 그 내용물을 책상 위에 펼쳐놓았다.

눈앞에 나타난 것은 흰색과 검은색으로 된 천 덩어리. 예상대로 메이드복 여러 벌이었다.

"먼저 기본 전제부터 이야기할게. 이것은 절대로 내가 개인적으로 감상하고 싶어서 준비한 물건이 아니란 사실을 여기서 선언합니다. 이 모든 것은 우리 1학년 1반의 축제를 성공시키기 위한 거야."

그러더니 사루가야는 살며시 메이드복을 만졌다.

이토록 차가운 여자들의 시선을 받으면서 메이드복을 부드럽게 어루만지다니, 도대체 어떤 특수 훈련을 받아야 저런 짓이 가능한 걸까.

"축제를 성공시키기 위해서라고? 무슨 뜻인지 모르겠는데."

우리 반 여자들을 대표해 나카소네가 벌떡 일어나서 말했다.

"그거 알아? 얼마 전에 마사이치와 이야기했는데, 아무래도 이 1학년 1반 교실은 위치가 좋지 않거든."

야, 나를 끌어들이지 마.

"계단을 올라왔을 때 오른쪽에는 1반과 2반밖에 없어.

그렇게 가장 구석진 곳에 있는 교실까지 손님들이 전부 다 와줄까? 그래서 작전이 필요하다고 생각한 거야. 역시 임팩트가 있어야 하는데, 그러려면 의상이 가장 쉬운 방법이거든. 메이드가 계측해준다? 그런 이야기를 들으면 다들 '뭐를?!' 하고 놀라지 않겠어? 남자들은 틀림없이 걸음을 멈출 거야."

이거 왠지 분위기가 심상치 않은데?

"응, 그래서 무슨 말이 하고 싶은가 하면. 메이드복은 순수한 의상이라는 거야. 수영복이나 과격한 코스튬 플레이 같은 게 아니라고. 노출도 낮은 종류를 골라 왔어. 근본적으로 따지자면 19세기 후반 영국에서 집안일을 하던 하녀들이 입던 작업복이야. 전혀 이상한 의미는 없고, 실행위원회에서 조사해본 결과 다른 학급도 평범하게 이 옷을 사용할 예정이래. ……그리고 이 옷은, 입어도 괜찮은 사람만 입으면 돼. 강요하지는 않을게. 자, 이러면 어때? 여학생 여러분. 물론 이 옷은 새 옷이야."

가까스로 궤도 수정에 성공……했나?

나는 속으로 그렇게 비판하면서 듣고 있다가 주위를 둘러봤다.

……음. 적밖에 없구나.

사루가야, 이 자식. 아마 처음에 간판 제작을 도와 달라고 부탁했을 때부터 이런 계획을 세우고 있었을 것이다.

실제로 메이드복에 낚여서 손님들이 늘어날 가능성은 꽤 높다고 생각한다. 우리 반의 이벤트가 성공하기를 바라는 저 마음은 진심일 테지만…….

그러나 주위의 반발은 거셌다. 사루가야도 점점 표정이 안 좋아졌다. 역시 안 되나? 하고 거의 포기했을 때였다.

밀려오는 먹구름을 확 가르면서 1학년 1반 교실에 여신이 강림하셨다.

"나, 나, 나는 그거, 입어도 될 것 같은데……?"

복도 쪽 자리에서 일어나 조심스럽게 그런 말을 한 사람은 대천사 마유코 님이셨다. 우리 반 학생들 전원이 그쪽을 돌아봤다. 그 시선에 노출된 마유코는 목을 움츠리더니 꼬물꼬물 꼼지락거렸다.

"마유코, 너…… 괜찮아?"

나카소네가 어쩐지 불안해하는 표정으로 말을 걸었다.

무슨 말을 하는 거야?! 하고 다짜고짜 부정하지 않는 것이 나카소네다웠다. 마유코를 잘 아는구나.

마유코의 성격과 캐릭터를 보면 "메이드복을 입고 싶다"고 말할 타입은 아니었다. 아마도 마유코는 사랑하는 사루가야를 위해 용기를 내서 말을 꺼낸 것이리라.

나카소네는 그것을 존중하면서도 걱정하는 듯했다.

마유코는 사루가야의 자리로 한 걸음 다가갔다. 그리고 머뭇머뭇 메이드복 쪽으로 손을 뻗었다. 한 벌을 손에 들고 펼쳐봤다. 고전적인 긴 치마 원피스였다.

"으, 응. 이 정도면 괜찮아. 꽤 예쁘기도 하고. 사이즈만
맞으면……."

그러더니 마유코는 사루가야에게 힐끔 시선을 돌렸다.

"그, 그래! 사이즈는 여러 종류로 준비했어! 마유코한테
도 잘 맞을 거야."

사루가야도 설마 여자애가 자기를 도와줄 줄은 몰랐나
보다. 놀란 것 같았는데, 퍼뜩 정신을 차렸는지 허둥지둥
그렇게 대답했다.

"그, 그럼 OK."

마유코가 그렇게 말하더니 스스로 납득한 것처럼 여러 번
고개를 끄덕거렸다. 역시 은근히 긴장한 기색이 엿보였다.

주변 사람들이 약간 술렁거리기 시작했다. 그 와중에
"네!" 하고 힘차게 손을 드는 사람이 있었다.

"나도 입을게! 마유야, 같이 '어서 오세요, 주인님' 놀이
를 하자!"

토이로가 만면에 미소를 띠면서 "나, 나!" 하고 어필을
했다.

"토이로도 입어줄 거야?"

사루가야의 질문에 토이로는 고개를 크게 끄덕였다.

"메이드복은 이런 기회가 아니면 입어볼 일이 없잖아?
그리고 분명히 예쁠 테고. 쓸데없이 노출이 심한 스타일도

아니고, 건전하니까 괜찮아."

같은 반 친구들에게 이야기하듯이 교실 전체를 둘러보는 토이로.

"게다가 오늘은 축제잖아. 안 그래?"

마지막으로 나카소네를 보면서 싱긋 웃었다.

"……뭐, 토이로도 그렇게 말한다면. 마음대로 해."

나카소네는 달갑지 않은 표정으로 수긍했다.

"우라라, 너도 입어야 하는데?"

"뭐?!"

"왜 그래. 축제잖아. 신나게 놀아보자—! 아니, 너 진짜 잘 어울릴 거야! 얘들아, 너희들도 입고 싶은 사람은 다 함께 입자, 응—? 교대로."

토이로, 이 녀석. 제법 수습을 잘하는데? 나는 남몰래 감탄했다. 이번 일은 원만하게 마무리되었고, 마유코가 혼자 메이드복을 입는 사태도 막을 수 있었다. 또 덤으로 발 안자는 몹시 감동해서 울먹이고 있었다.

"마유코, 고마워! 토이로도 고마워. 너희들 덕분에 학교 축제는 이미 성공한 거나 마찬가지야!"

몇 번이나 깊숙이 고개를 숙이는 사루가야.

"아, 아니, 저기, 난 아무것도 안 했는데……."

쑥스러운지 뺨을 붉히면서 마유코는 양손과 머리를 열심히 흔들었다. 사루가야에게 도움이 돼서 기쁜 걸까. 그 얼굴에는 행복한 미소가 떠올라 있었다.

1반의 준비도 그럭저럭 축제 개시 전에는 끝날 것 같았다.

그런데 사루가야는 울컥한 것처럼 목멘 소리를 내면서 홀로 중얼거리고 있었으니…….

"나, 나를 위해 이렇게까지 해주다니, 정말 고마워. 같은 반 친구들, 청춘의 메이드복 차림……. 반드시, 무슨 일이 있어도, 이 광경은 평생 내 안구에 새겨놓을 거야……."

그 감정은 끝까지 가슴속에만 간직해두는 게 좋을 거야. 반드시, 무슨 일이 있어도…….

*

기누스 기록 챌린지 이벤트는 첫날부터 꽤 성황을 이루었다. 처음에는 주로 같은 층의 1학년들이 많이 와서 각자 자신 있는 종목에 도전했다.

의자를 덜컹덜컹 책상에 올렸다 내렸다 하는 사람, 칠판에 적힌 글자들을 칠판 지우개로 마구 지우는 사람, 대량의 연필을 초고속으로 세우는 사람 등.

이제 막 시작했기 때문에 기록 보유자는 빠르게 바뀌었다. 땡땡땡! 하고 교실 안에 기록을 경신했다는 벨소리가 틈만 나면 울려 퍼졌다.

교대제이긴 해도 일단 자신이 담당할 때는 상당히 바쁠

것 같았다. 이것이 노동인가……? 아아, 싫다. 어른이 되고 싶지 않아.

나 자신을 위해서라도 좀 더 편한 이벤트를 기획하는 게 나을 뻔했나. 나는 안내인 일을 하면서 그런 생각을 했다.

가장 열심히 준비했던 스트라이크 아웃과 바로 전날 생각해낸 듯한 탁구공 휴지통 숏 같은 경기도 적당히 호평을 받고 있었다. 그런데 여기서 마시멜로 캐치만은 유일하게 마시멜로값으로 한 번에 50엔씩 돈을 받고 있었는데, 그것은 챌린지를 한 다음에는 먹을 수 있어서 그런지 이쪽 코너에도 늘 도전자가 있었다.

계속 일에 쫓기는 상황. 그래도 도전하는 손님이 즐겁게 웃는 모습을 보고 나는 안도의 한숨을 쉬었다.

그리고 손님이 늘어나는 데 확실히 도움을 주고 있는 것이 바로 사루가야가 준비한 메이드복이었다. 아까 마유코가 집어 들었던 옷 이외에도 다양한 종류를 준비한 듯했다.

"주, 주인님의 기록은, 37회입니다."

마유코가 메모지에 기록을 적어 건네주면서 말했다. 어느새 말투도 메이드 말투가 되어 있었는데……. 사루가야가 교육한 건가?

프릴 달린 어깨끈이 있는 흰색 앞치마. 레이스로 장식된 검은색 원피스. 위에 동그랗게 자리 잡은 밀크티 색깔의 당고머리. 그리고 흰색 하늘하늘한 테두리가 달린 머리띠.

이것은 뭐랄까, 작고 귀여운 메이드 캐릭터…….

"어, 어서 오세요. 주, 주쥬, 쥬인님."

그런 복장이 부끄러운 걸까. 나카소네는 이미 인사할 때부터 말을 더듬고 있었다. 하지만 아무리 메이드복이 싫어도 결코 분위기를 망치지 않고 노력하는 사람이 나카소네였다.

날카로운 눈매의 금발 소녀와 메이드복의 조화. 그 갭이 매력적이었다. 긴 치마와 풍성한 퍼프소매라는 디테일의 메이드복을 나카소네에게 준 사람은 누구일까. 사루가야의 센스인가? 그저 '잘했다'라는 한마디밖에 안 나왔다.

"우라라, 부끄러워하는 거야? 그러면 안 돼. 주인님은 확실하게 모셔야지."

그렇게 말을 걸면서 다가온 사람은 후나미였다. 탈의실에서 준비를 마치고 돌아온 것 같았다. 그 복장을 보고 나는 앗 하고 소리를 낼 뻔했다.

빨강이었다. 이런 옷도 준비해놨구나.

와인색 원피스, 검은색 테두리가 있는 비교적 작은 앞치마. 옷깃과 소맷부리는 흰색 레이스로 장식되어 있었다. 거기에 좀 작은 검은색 나비넥타이를 곁들였다. 한 송이 장미 같은 존재감을 드러내는 메이드가 불쑥 나타나자, 교실 안의 모든 시선이 그쪽으로 쏠렸다.

"왜, 왠지 좀, 부끄럽네."

"그, 그렇지?"

후나미가 주목을 받고 당황한 것처럼 눈을 이리저리 굴리자, 나카소네가 동의를 구하듯이 몇 번이나 고개를 끄덕거렸다.

"와, 멋져! 너희들 다 잘 어울린다! 아니, 이 방은 천국인가? 이 공간에 귀여움이 넘쳐흐르고 있어."

연필 세우기 기록 계측을 마친 메이드가 이쪽을 돌아보면서 말을 걸었다. 조금 짧고 풍성한 스커트가 부드럽게 물결쳤다.

"토이로, 넌 좀 과하게 신난 것 같다……?"

"아하하하, 그런가? 원래 코스튬 플레이 같은 것을 해보고 싶었거든."

토이로는 웃으면서 나카소네에게 대답했다.

꽉 조인 허리와 늘씬하게 뻗은 다리. 무릎 아래까지 올라오는 흰 양말과 투명한 느낌의 허벅지. 무릎 뒤의 맨살이 은근히 가슴을 두근거리게 했다. 응, 이건 확실히 일부러 절대 영역*을 포기할 만한 가치가 있구나.

기본적이면서도 가장 몸매가 잘 드러나는 옷이었다. 앞치마 양옆에 달린 까만 리본은 앙증맞아 보였다. 또 목에는 끈으로 된 리본 초커를 묶었고, 머리에는 흰색 장식이 된 머리띠를 착용했다. 현대 일본에서 메이드복의 정의라

---

*미니스커트와 긴 양말 사이로 살짝 보이는 허벅지.

고 할 만한 '귀여움'이 완벽하게 표현되어 있었다. 착용 모델이 훌륭해서 그런 걸까.

──본인에게는 절대로 이런 말은 할 수 없지만. 쟤가 괜히 우쭐거리게 되면 골치 아파지니까…….

몰래 그런 생각을 하고 있을 때였다.

내 옆에 누군가가 슬그머니 다가와 나란히 섰다.

"I have a dream──. 그것은 언젠가 다양한 종류의 메이드복을 입은 여자애들한테 둘러싸이고 싶다는 꿈이야."

"킹 목사의 번뇌 부분인가…….."

젊은 시절──사춘기 시절의 마틴 루서 킹 주니어의 영혼을 계승한(아마도 아닙니다) 옆자리의 남자. 나는 그를 돌아봤다.

사루가야는 만족한 것처럼 의기양양한 얼굴로 교실 안을 둘러보고 있었다. 토이로와 친구들 이외에도 세 명의 여자들이 메이드복을 입고 일하는 중이었다. 용케 일곱 벌이나 준비했구나.

"그럴싸한 말을 늘어놨지만, 결론적으로는 이 메이드복 축제를 벌이고 싶었던 거지?"

나는 그에게만 들릴 정도로 작게 말했다.

"아니, 그게 무슨 소리야. 아무튼 결과가 중요한 거잖아? 우리 반 이벤트에도 좋은 영향을 줬고, 어쩐지 우리 반 애들의 단결력도 더 강해진 것 같지 않아?"

"그건 그렇지만⋯⋯."

특히 여자들은 이러니저러니 해도 메이드복을 입고 신이 나 있었다. 좀 전에도 메이드 차림으로 한데 모여서 포즈를 취하기도 하고 사진을 찍기도 했다.

"난 말이지, 꼭 올해 꿈을 이루고 싶었어. 1반 여자애들은 우리 1학년 중에서도 비교적 수준이 높거든. 이 친구들의 메이드복 차림을 꼭 보고 싶었어. 그리고 그것을 잘 아는 남자들도 1등으로 메이드복 소문을 듣고 우리 반으로 몰려오고 있지. 아아, 이 꿈을 실현하게 된 것도 마사이치나리가 도와주신 덕분이야."

"틈틈이 나를 그쪽 진영으로 끌어들이려고 하지 마⋯⋯."

어쨌든 상황은 이해했다. 안 그래도 남자 손님이 70% 정도나 되는 것이 신경 쓰였는데, 그런 이유 때문이었구나.

⋯⋯흠.

나는 무심코 토이로 쪽을 힐끔 봤다. 토이로는 남자 4인조 손님에게 둘러싸여 연필 세우기 기누스 기록을 측정하는 중이었다. 그런데 기분 탓인지 그 남자들도 힐끔힐끔 토이로를 보는 것 같았다.

왠지 모르게 초조해졌다. 가만히 있을 수 없는 느낌이었다. 하지만 아무것도 하지 못하고 그저 떨떠름한 기분을 느끼고 있었다.

이윽고 남자 4인조의 도전이 끝나고 그다음 대기 손님을 안내하게 됐다. 그런데 초조한 감각은 계속 남아 있었다. 이런 일은 처음이었다.

손님이 끊겼을 때 나는 토이로에게 다가가 귓속말로 말을 걸었다.

"교대 시간이 되면 말이야. 그때부터는 한가해?"

토이로는 이쪽을 휙 돌아보더니 활짝 웃으며 "응!" 하고 고개를 끄덕였다.

단지 그뿐인데도 가슴이 확 뜨거워졌다. 사방팔방으로 마구 휘둘리는 듯한 감각. 왠지 무척 신기한 기분이었다.

그런데 이것은 지금의 나로선 결코 무시하면 안 되는 감정인 것 같았다…….

나는 그런 생각을 했지만, 제자리로 돌아가자 금방 다음 일이 시작됐다. 그리고 점점 더 바빠져서 결국 당번 교대 시간까지는 순식간에 시간이 지나갈 것 같았다.

☆

약속 장소인 승강구 쪽으로 갔더니, 휴대폰을 보면서 서 있는 마사이치가 눈에 띄었다. 그는 가끔 고개를 들어 두리번두리번 주위를 둘러본 뒤 다시 휴대폰으로 시선을 떨어뜨렸다.

마사이치와 어딘가에서 만나기로 약속을 하는 경우는

거의 없었다. 방과 후 집에 돌아갈 때는 대체로 교실에서 부터 같이 갔고, 어딘가로 외출할 때도 기본적으로는 먼저 집에서 만났다.

흔치 않은 기회라서 연인 작업을 해보기로 했다.

나는 실내화를 신발로 갈아 신고 후다닥 마사이치를 향해 뛰어갔다.

"마사이치! 미안—, 오래 기다렸어?"

"응, 10분 기다렸어."

"왜 이렇게 정직하세요?!"

반사적으로 비판을 가했다.

"여기서는 '아냐, 나도 이제 막 왔어!'라고 대답해야지."

"그 만화 같은 대사는 또 뭐냐…….."

"흔치 않은 기회라서 연인 작업을 해보고 싶었단 말이야."

내가 살짝 뺨을 부풀리면서 토라지자, 마사이치는 쓴웃음을 지었다.

아, 이건 내가 생각해봐도 좀 심하게 귀여운 척을 한 건가……? 너무 들떴나 봐. 이상해 보이지 않았을까?

나는 그렇게 민망함을 느꼈다. 그때 마사이치가 "연인 작업이라……" 하고 뭔가 생각난 것처럼 고개를 들었다.

"그런데 연인 작업으로 해석한다면, 내가 약속 장소에 일찍 오는 것은 전혀 문제가 안 될 거야."

"응? 무슨 소리야?"

"그야 그렇잖아? 내가 먼저 와서 기다리지 않으면 반대로 여자 친구가 나를 기다리게 되잖아. 그러니까 나는 10분이든 30분이든 얼마든지 기다릴 거야."

그러더니 마사이치는 진지한 눈빛으로 나를 바라봤다.

오……. 이것이 계산된 연인 작업이란 것은 알았지만, 그래도 좀 가슴이 두근거렸다.

"사실 오래 기다리면 기다릴수록 그동안 휴대폰 게임은 실컷 할 수 있거든. 대전 게임이 한창 재미있을 때는 '상대가 좀 더 늦게 오면 좋겠다!'란 생각도 든다니까."

"야. 지금 분위기 박살 났어."

그러자 마사이치가 피식 웃었다. 나도 덩달아 웃었다.

나는 이런 분위기가 좋았다. 이렇게 약속 장소에서 만나기만 해도 긴장감 없이 오히려 즐길 수 있는 분위기가.

"저기, 미안해. 정말로 늦게 와서."

"아냐, 괜찮아."

나는 마사이치 앞에 똑바로 서서 정식으로 인사를 나눴다. 그러자 마사이치가 나를 머리끝에서 발끝까지 자세히 보는 것이 느껴졌다.

아하, 후후. 알았다.

"어머나, 마사이치 군. 실망하셨나 봐요—? 더 보고 싶었어? 메이드복 차림. 내가 옷을 안 갈아입기를 바랐나 봐?"

나는 히죽히죽 웃으면서 물어봤다.

사루가야가 준비해준 메이드복은 수량이 한정되어 있었다. 그래서 계측 담당을 교대할 때 다음 사람한테 옷을 주고 온 것이다. 좀 멀리 떨어진 곳에 있는 체육관의 탈의실에서 교복으로 갈아입느라 약속 장소에 늦게 와버렸다.

"그렇게 실망하지 않아도 돼. 내일도 내가 당번인 시간은 있으니까——."

"아냐. 다행이다."

"다행이라니?!"

별로 안 어울렸던 건가……? 메이드답게 좀 더 단아한 모습을 보여줬어야 했나? 하지만 요새 나오는 애니메이션에서는 메이드가 싸우기도 하잖아.

내가 그런 생각을 하고 있는데 마사이치가 당황한 것처럼 큰 소리로 말했다.

"아, 아니, 너의 메이드복 차림이 나빴다는 게 아니라——오히려 그건 꽤 좋았는데……."

오, 나를 칭찬해주는 거야……?

"정말?"

"응. 하지만 그런 모습으로 교내에서 어슬렁거리면 너무 눈에 띄잖아……?"

"아~ 설마 메이드복을 입은 예쁜 나의 모습을 다른 남자애들한테는 보여주기 싫다는 뜻이야?"

이번에도 그냥 가볍게 놀리려고 그런 말을 해봤다. 그런데 마사이치는 멋쩍은 것처럼 시선을 피했다.

아, 정말로 그랬던 거야? 진짜? 그렇다면…… 어쩌지? 기쁘다.

왠지 나까지 덩달아 부끄러워졌다. 그래서 나도 다음 말을 하지 못하고 잠시 꾸물거렸다.

오늘은 벌써 좋은 일이 세 개나 있었다. 아침에 같이 등교할 수 있었다. 기뻤다. 좀 전에 마사이치가 먼저 "한가해?" 하고 물어보면서 만나자고 해줬다. 기뻤다. 그리고…… 방금 그 기쁜 말.

학교 축제는 즐겁구나.

"아, 아니, 상식적으로 볼 때 메이드가 돌아다니면 이상하잖아! 아, 아무튼 가자."

그렇게 말하더니 마사이치가 걸음을 뗐다.

나는 후훗 하고 살짝 웃으면서 그 뒤를 쫓아갔다.

커플 그랑프리에 관한 안내가 접수처에서 시작된 것 같았다. 그래서 우리는 접수처 근처의 승강구를 약속 장소로 정했다.

얼른 둘이서 접수처에 있는 실행 위원에게 다가갔다.

"참가를 원하시는 분이죠—? 그럼 예선 규칙을 설명해드리겠습니다."

커플 그랑프리 담당자인 걸까. 아마도 상급생인 듯 성실해 보이는 검은 머리 여학생이 친절하게 설명을 해줬다.
······예선?

"예선은 오늘 오전 중에 이미 진행되고 있습니다. 내용은 수수께끼 풀기인데요. 참가하시는 커플은 여기 이 종이에 적힌 수수께끼를 풀게 됩니다. 그래서 그 수수께끼의 답인 장소를 찾아내면, 그곳이 잘 보이도록 둘이서 투샷 사진을 찍어서 여기 기재된 메일 주소로 보내주시면 돼요. 그러면 오늘 오후에 열릴 본선 1회전에 참가가 완료되는 거죠. 부디 이 메이호쿠 축제를 즐기면서 도전해보시길 바랍니다."

그 여학생은 반으로 접힌 종이를 내밀었다. 나는 그것을 받았다.

"규칙은 세 개입니다.

투샷 사진은 정오까지 제출하셔야 합니다. 1분이라도 늦으면 실격입니다.

그리고 수수께끼의 답을 다른 참가자나 참가자 이외의 학생에게 가르쳐주면 안 됩니다. 그러면 오히려 경쟁자도 늘잖아요.

마지막으로 학교 축제장은 현재 매우 혼잡합니다. 반드시 정해진 코스를 따라 이동해주세요.

이상입니다. 그럼 재미있게 즐겨주세요."

여학생이 우리를 내보냈다. 나와 마사이치는 즉시 서로

얼굴을 마주 봤다.

"이건 좀, 예상과는 다르네"라고 마사이치가 말했다.

나는 고개를 끄덕거렸다.

"뭐랄까, 우리가 서로 얼마나 사랑하는지 테스트하는 내용일 줄 알았는데."

"그러게. 게다가 예선과 본선 1회전이라니……. 너무 본격적이지 않아? 이틀에 걸쳐서 진행한다는 이야기는 들었지만……."

"……그래도 좀 설레지 않아? 이런 토너먼트전 같은 거. 최강 커플 결정전."

"응, 맞아. 예선이 수수께끼인 것 자체가 벌써 흥분돼. 만화에 나오는 이벤트 같잖아."

우리는 신나서 두근두근한 마음으로 방금 받은 종이 한 장을 들여다봤다.

A4 크기의 직사각형 용지에는 바둑판처럼 생긴 4×8짜리 32개의 칸이 그려져 있었다. 그중 몇 칸에는 왼쪽부터 '1' '1' '4' '2' '2' '5' 하고 정체불명의 숫자가 나열되어 있었고, 오른쪽 아래 귀퉁이 칸에는 미혹할 '미(迷)'란 한자가 적혀 있었고, 왼쪽 위 귀퉁이 칸에는 컵처럼 생긴 그림이 그려져 있었다. 그리고 종이 오른쪽 아래에는 정답 사진을 보낼 메일 주소가 실려 있었다.

"……모르겠는데."

☕						5	
	1		4		2		
1			2				미 (迷)

정답 제출용 메일 주소
CoupleGP@xxxx.co.jp

"······이게 뭘까?"

"'1'이 두 개이고 '2'가 두 개. '3'이 없는 것을 보면, 단순히 순서를 나타내는 숫자는 아닌가 보네."

"힌트는 이 '미(迷)'라는 한자와 컵 그림이지? 미궁, 미로. 그럼 이 바둑판은 일종의 미로인 걸까? 컵은 쉬어가는 코너?"

"미로란 말이지. ······하지만 그냥 평범한 바둑판인데."

우리 둘은 통로 가장자리에 붙어서 이야기를 나눴는데, 수수께끼는 금방 풀릴 것 같지는 않았다.

"저기, 있잖아. 일단 학교 축제나 둘러볼래? 걸으면서 생각해보자."

내가 그렇게 제안하자 마사이치도 고개를 끄덕였다.

"그래, 이 문제에만 집중하다가는 다른 이벤트들을 구경할 시간이 없어질 거야."

커플 그랑프리도 중요하지만, 나는 학교 축제도 순수하게 기대하고 있었다. 이대로 커플 그랑프리에만 매달리다가 시간이 다 가버리면 슬플 것이다. 물론 이 수수께끼도 어떻게든 점심때까지는 풀어야 할 테지만······.

우리는 수수께끼 종이를 힐끔힐끔 보면서 승강구를 통과했다. 그 순간 사방이 색종이와 리본과 풍선으로 꾸며진 컬러풀한 공간이 우리를 맞이해줬다. 이벤트를 홍보하는 소리, 남자애가 신나게 떠드는 소리, 흥분한 여자애의 높은 목소리가 차례차례 귓속으로 날아 들어왔다.

그야말로 압도적인 '학교 축제' 분위기. 순식간에 나는 축제를 즐기러 온 기분이 되었다.

"어디부터 볼래?"

"글쎄. 아까 그 사람이 정해진 코스대로 돌아보라고 했잖아?"

승강구는 북쪽 건물과 남쪽 건물 사이에 있었다. 학교 축제의 전시형 이벤트는 북쪽 건물의 1~3학년 교실이 있는 곳을 중심으로 진행되고 있었다. 그래서 우리는 그쪽으로 갔다. 복도에도 미술부가 제작한 듯한 날개 그림 포토 존도 있었고, 페이스페인팅 가게의 패브릭 간판도 있어서 뭔가 북적북적했다.

그런데 우리의 시선은 저절로 맨 처음 지나는 교실 쪽으로 쏠렸다.

검은색 커튼으로 가려져서 안이 보이지 않는 그 방 안에서는 아까부터 여자의 비명이 희미하게 들려오고 있었기 때문이다. 때로는 남자의 비명도.

북쪽 건물 1층에는 3학년, 3층에는 2학년, 4층에는 1학년 교실이 배치되어 있었다. 승강구에서 건물로 들어갔을 때 가장 먼저 지나가는 곳은 3학년 9반 교실이다. 거기서 하는 이벤트는——.

"귀신의 집! '으악! 귀신의 집'이래!"

교실 앞문 쪽에 학급 이벤트 제목이 붙어 있었다. 나는 소리 내어 그것을 읽었다.

"처음부터 만만찮은 이벤트가 나왔네……."

"오케이—, 담력 시험이나 한번 해볼까?"

둘이 동시에 말한 뒤, 나와 마사이치는 서로 얼굴을 마주 봤다.

"어머나? 마사이치 군. 무서운 건 싫어하는 타입이었나?"

"아니. 그냥 처음부터 귀신의 집에 들어가면 체력이 소모될 것 같아서. 나는 괜찮아. 오히려 무서운 것을 싫어하는 사람은 너 아니야?"

"아, 이거 봐—. 마사이치 군. 남자 친구인데도 여자 친구를 전혀 모르는구나—? 나는 세끼 밥보다도 괴담을 더 좋아해. 배후에 둥둥 떠 있는 녀석은 대체로 친구이고."

"뒤에 붙은 귀신이랑 친해졌다고?! 저주받은 거 아니야?"

"아무튼 가보자, 응?!"

둘이서 귀신의 집에 들어가다니. 그야말로 커플 같지 않은가.

그동안 귀신의 집이 있는 놀이공원에 마사이치와 함께 가본 적은 없었다. 모처럼 생긴 기회이니 여기서 한번 체험해보고 싶었다.

……기껏해야 학교 축제의 '귀신의 집'이잖아. 그렇게 무섭진 않을 거야.

그나저나 마사이치는 역시 가볍게 도발하기만 해도 금방 넘어온다니까. 단순한 녀석이다. 나중에 사기를 당하지나 않을까 걱정이다.

우리 둘은 참가 신청을 한 뒤 복도에서 몇 분쯤 기다렸다. 이윽고 우리 차례가 왔다. 입구에 길게 늘어진 천을 젖히면서 어두운 교실 안으로 들어갔다.

이유가 뭘까. 바람이 부는 것도 아닌데 실내는 서늘한 공기로 가득 차 있었다. 히이이잉 하고 진짜 귀신의 집 같은 음악이 어딘가에서 흘러나오고 있었다. 교실 형광등은 꺼졌고, 군데군데 켜져 있는 소형 전구의 침침한 불빛에만 의존해야 하는 상황이었다.

까만 도화지를 붙인 골판지 상자로 벽을 세워서 만들어 놓은 좁은 통로. 그것은 2m 앞에서 왼쪽으로 꺾이는데, 그 앞에 무엇이 있는지는 보이지 않았다.

나도 모르게 마사이치에게 좀 가까이 다가갔다.

마사이치가 힐끔 나를 보더니 다시 앞을 바라봤다. 그리고 천천히 걸음을 뗐다. 나도 숨을 한 번 꿀꺽 삼키고 그를 따라갔다.

도대체 저 모퉁이 너머에는 뭐가 있을까.

우리 둘은 조심조심 그쪽으로 들어갔는데——.

"크아아!"

바로 코앞에서 불쑥 좀비가 나타났다.

"꺅!" "우와."

나는 놀라서 온 힘을 다해 비명을 질렀다. 큰일 났어, 심장이 쿵쾅거려.

"가아악!"

또다시 좀비가 포효했다. 내 어깨가 움찔! 하고 크게 움직였다. 그때 마사이치가 내 손목을 꽉 잡았다.

좁은 통로의 벽에 붙어서 나는 마사이치에게 손을 잡힌 채 좀비 옆을 통과했다.

"야, 너 완전히 겁먹었잖아?"

"아, 아이다! 내는 깜짝 놀래키는 게 억수로 싫은 기다!"

"너무 놀라서 말투도 이상해졌는데."

"……쪼, 쫓아오진 않네?"

뒤를 돌아봤더니 좀비는 이쪽을 보기만 하고 쫓아올 기미는 안 보였다. 자세히 봤더니 양판점에서 파는 고무로 된 인형 탈과 까만 옷을 뒤집어쓰고 있을 뿐이었다.

첫, 저런 싸구려 분장에 속아 넘어가다니. 뭔가 무서운 그림이나 마네킹 같은 게 놓여 있는 것 정도는 괜찮은데…….

"다행이네. 저건 지박령 타입인가 봐."

"아이다, 유령 아니고 좀비 아이가."

"그 어설픈 사투리는 계속 쓸 거야?"

그렇게 마사이치와 대화하다 보니 마음이 좀 진정됐다. 그런 줄 알았는데.

"좋아, 그럼 가자. 다음 손님이 들어올 거야."

그러더니 마사이치가 앞으로 나아가려고 했다.

나는 그 순간 무의식적으로 그의 팔에 달라붙었다.

"⋯⋯왜 그래?"

마사이치가 걸음을 멈추고 물어봤다.

"여, 연인 작업이야!"

"연인 작업?"

"그래! 귀신의 집에 들어가면 커플들은 보통은 딱 달라붙어 이동하거든?"

"아니, 그냥 네가 무서워서 그런 거 아냐?"

"아닌데요—? 이게 보통인데요—."

나는 그렇게 말하면서 한층 더 힘껏 마사이치의 팔을 끌어안았다.

"좋았어, Let's go—."

"저, 정말로, 그런 거 맞아⋯⋯?"

그렇게 약간 기막혀하는 소리를 내면서도, 다정한 마사이치는 나를 껌딱지처럼 옆에 붙인 채 걷기 시작했다.

다음 모퉁이를 통과하자 통로 상부에서부터 하늘하늘한 검은색 비닐 같은 것이 내려와 있는 구역에 돌입했다. 분명히 이 정도는 괜찮을 텐데, 아까 깜짝 놀라서 그런지 나도 모르게 쭈뼛쭈뼛 주위를 살피게 되었다.

그 비닐 터널을 뚫고 나아가다 보니 이윽고 좌우의 벽도 쓰레기봉투 같은 검은색 비닐로 바뀌었다. 그리고 그 직후.

쾍! 하고 비닐의 틈새에서 누군가의 손이 쑥 튀어나와 내 발목을 붙잡았다.

"으악, 앗, 꺄악!"

나는 무의식중에 다리를 마구 흔들어 그 손을 떨쳐내고 그대로 쏜살같이 뛰어서 그 구역을 지나갔다.

"미, 미미, 미쳤나 봐. 방금 봤어? 손이 튀어나왔어! 어, 나만 그랬어?"

"아, 아니. 자, 잠깐만."

나한테 끌려 나온 마사이치가 당황하여 외쳤다. 우리는 뛰면서도 계속 연인 포메이션은 유지하고 있었다.

"예고도 없이 뛰지 마! 민첩함이 희생된 상태란 말이야."

"아— 너무 방어에 치중했나?"

"너 지금 방어라고 했지? 연인 작업은 어쩌고?"

"꺅— 마사이치 무서워—."

"그런 영혼 없는 말은 하지 마."

우리는 그렇게 시끄럽게 굴면서 조금씩 귀신의 집을 공략해 나갔다.

가짜 피를 묻힌 거울, 학생용 책상 위에 놓인 사람의 머리, 이상하리만치 정교하게 분장한 패잔병 귀신. 그리고 사물함 앞을 지나갈 때는, 예상대로 흰옷을 입고 긴 머리카락을 늘어뜨린 귀신이 힘차게 튀어나왔다.

마사이치와의 대화 덕분에 무서움은 많이 줄어들었는데, 그래도 역시 깜짝 놀라게 만드는 것에는 도저히 익숙해질 수 없었다. 나도 모르게 비명을 지르면서 마사이치에게 달라붙었다. 빨라진 이 심장의 고동은 아마 마사이치에게도 전해졌을 것이다……

나는 마사이치한테 딱 달라붙으면서 이 혼란을 틈타 살며시 그의 어깨에 뺨을 붙여봤다.

어둠 속에서 몰래. 아무에게도 들키지 않게——.

아——, 그런 생각을 했더니 큰일 났다. 미친 듯이 가슴이 두근거렸다. 이렇게 심하게 심장이 뛰는 것도, 귀신의 집 때문이라고 생각해줄까?

그나저나 이런 것이 커플의 귀신의 집 체험인 걸까……. 마사이치도 아마 내가 아까보다 더 찰싹 달라붙었다는 것을 눈치챘을 테지만, 그걸 그냥 내버려 두고 있었다. 처음에는 다소 서늘한 공간인 것 같았는데 이제는 몸이 안쪽부터 따뜻해진 기분이었다. 분명히 무서운 공간일 텐데도 기분이 좋았다.

출구에 거의 다 왔다. 왠지 좀 아쉬웠다.

내가 그런 생각을 하는 사이에 금방 하얗고 눈 부신 빛이 점점 강해지더니——.

"고생하셨습니다—!"

그런 소리를 들으면서 어느새 우리는 학교 복도로 돌아

오게 되었다. 길고도 짧은 것 같은 여행. 마치 딴 세상에 잠깐 다녀온 듯한 기분이었다.

이유를 정확히 알 수 없는 깊은 한숨이 무의식중에 흘러나왔다.

"세끼 밥보다도 괴담을 더 좋아한다며? 그건 대체 누구였던 거야?"

마사이치가 나에게 그렇게 말했다. 은근히 재미있어하는 듯한 목소리였다.

"마사이치, 너도 무서워했잖아? '우와'라고 했으면서."

"조금 놀라서 아주 작게 말했던 '우와'를 굳이 지적하지는 마. 토이로, 너만큼 심각하진 않거든?"

"난 별로 무섭지 않았는데요—? 계속 냉정하게 있었습니다—. 아까 그 벽에서 튀어나오던 손은 '빠른 걸음으로 돌파하면 무효화할 수 있겠는데—?'라고 생각했다니까."

"뭐야, 2회차 플레이에서는 타임 어택에 도전해보려고?!"

마사이치가 날카롭게 한마디 했다. 우리 둘은 웃음을 터뜨렸다.

처음 마사이치와 함께 즐기는 학교 축제. ……좋구나. 이거.

가슴속에서 슬금슬금 솟아나는 신나는 기분을 느끼면서 나는 또다시 홀로 몰래 히죽히죽 웃었다.

☆

    나와 마사이치는 계속해서 학교 축제를 둘러보면서 재미있게 놀았다.

    트릭아트 코너에서는 멋진 사진을 많이 찍었고, 버저까지 이용한 본격적인 전기 미로 게임* 코너에서는 자연스럽게 누가 먼저 클리어하는지 싸우기도 했다. 그 결과 클리어 시간으로 경쟁하기는커녕 둘 다 클리어하지도 못해서 짜증만 냈는데, 그것도 또 나름대로 재미있었다.

    그 외에도 교실 안에서 펼쳐지는 음악 축제라든가, 영상 연구부가 실시간으로 촬영한 자체 제작 영화라든가, 거대한 골판지 상자로 만든 미로 등등, 정말로 다양한 장르의 이벤트와 전시물이 준비되어 있어서 전혀 질리지 않았다. 게다가 연극이나 춤 같은 공연은 체육관 무대, 또 음식물을 제공하느라 불을 사용하는 행사는 대부분 식당 앞이나 운동장 옆 같은 옥외에서 진행된다고 했다. 그래서 구경할 시간이 부족했다.

    맨 처음에는 하나하나 자세히 감상했지만 금방 '이대로 가다가는 커플 그랑프리 예선을 통과하기 어려워지겠다'는 사실을 깨달았다. 3층 교실은 대충 훑어보고 4층에 있는 1학년 교실까지 올라온 우리는 이제 천천히 걸으면서 예의

---

*전기가 통하는 꼬불꼬불한 미로 철사에 아슬아슬하게 닿지 않도록, 갈고리 철사를 끝까지 통과시키는 게임.

이해할 수 없는 수수께끼 종이를 다시 펼쳐봤다.

"이게 뭘까?"

나는 종이를 거꾸로 들거나 뒷면을 통해 보기도 하면서 중얼거렸다.

"여기 적힌 숫자는 잘 모르겠지만, 이 바둑판은 의미가 있을 것 같아. 4×8은 특징적이잖아. 틀림없이 뭔가 나타내고 있는 거야."

마사이치는 턱을 만지작거리면서 허공을 바라보고 생각에 잠긴 채 이야기했다.

"우리 말고 다른 참가자들도 같은 수수께끼를 풀고 있을까?"

"그럴지도 모르지. 복잡한 수수께끼를 양산하는 것도 쉬운 일은 아니잖아?"

그런 대화를 나누다가 어느새 4층 구석에 도달해버렸다. 다른 1학년의 학급 이벤트는 거의 못 보고 지나쳐버렸다. 우리 반인 1반의 반대편에 있는 8반 교실 쪽으로 걸어왔다……고 생각했는데.

"어? 뭐지……?"

나는 무의식중에 주위를 두리번거렸다.

눈앞에 예쁜 여자 메이드가 나타난 것이다. 무심코 우리 반인 1반이 있는 쪽으로 와버린 건가? 하고 당황했는데, 곧바로 그 이유를 알았다.

"어서 오세요, 주인님~."

그렇게 말을 건 메이드는 '1-8 귀염귀염 메이드 카페'라고 적힌 간판을 손에 들고 있었다. 귀염귀염이라니……

"메이드 카페……"

마사이치가 옆에서 그렇게 조그맣게 중얼거리고 있었다.

오, 뭐야. 가보고 싶어? 나의 메이드 코스튬 플레이에 반해서 그런 취미가 생긴 거야? 아니, 단순히 귀여운 여자애가 있는 곳에 가고 싶은 건가?!

내가 그렇게 의심하면서 눈을 가늘게 뜨고 쳐다보고 있는데. 마사이치가 갑자기 허둥거리면서 내 손안에 있는 수수께끼 종이를 들여다봤다.

그 순간 나도 헉! 하고 마사이치의 생각을 눈치챘다.

"1층 구석! 골판지 상자 미로가 있었어!"

"응, 그렇지?! 그럼 99% 정답 확정이야!"

우리는 서로의 눈을 보면서 신나게 하이파이브를 했다. 메이드가 의아한 표정으로 이쪽을 보고 있었다.

커플 그랑프리 예선에 나온 문제. 그 바둑판이 그려진 수수께끼 종이에서 아마도 가장 큰 힌트가 될 것 같은, 바둑판 안에 있는 글자 하나와 마크. 바로 그것에 관한 이야기였다. 왼쪽 위 귀퉁이 칸에는 컵 마크가 있었고 오른쪽 아래 귀퉁이 칸에는 '미(迷)'란 글자가 있었다.

먼저 깨달은 사람은 마사이치였다. 4층 구석에 있는 1학년 8반 교실에 메이드 카페가 생긴 것을 보고, 뭔가 눈치 챈 듯한 반응을 보였다. 그리고 나도 그 모습을 보고 뒤늦게나마 깨달았다. 분명히 1층 맨 안쪽에 있었던 것은 골판지 상자로 만든 실내 미로(迷路)였다.

"이 바둑판은 이 학교 건물의 교실이었던 거야."

내가 새삼스럽게 이야기하자, 마사이치가 "맞아" 하고 동의했다.

가로 여덟 칸은 1반부터 8반까지의 교실, 세로 네 칸은 4층짜리 학교 건물을 나타내는 것이었다. 그리고 학교 축제의 그 교실에서 무슨 이벤트가 벌어지고 있는지를 보여주는 마크가 두 귀퉁이에 그려져 있었다. 즉, 이 수수께끼 자체가 완전히 이번 학교 축제에 맞춰 만들어진 것이다. 그 사실을 눈치채자마자 수수께끼 풀이는 급물살을 탔다.

"좋아, 다음은 이 숫자가 적혀 있는 교실에서 무슨 이벤트를 하고 있는지 알아야 해."

"앗, 이 맨 위의 '5'란 곳은 1학년 2반이잖아? 우리 옆 반은 '탈출 게임 일상편'이란 이벤트를 하고 있었어."

"좋았어! '5'란 것은…… '탈출 게임 일상편'의 다섯 번째 글자인 '일'인가?"

"그럴싸한데?! 아무튼 그 반에서 무엇을 하고 있는지가 관건이겠다."

우리는 즉시 3층으로 가려고 가까운 계단으로 향했다.

"기억이 잘 안 나네. 아마도 이 근처에 트릭아트 전시가 있었던 것 같은데."

"뭐, 불안하니까 한 번 더 확인하고 오자. 아, 그런데 왼쪽 아래 귀퉁이는 분명히 '으악! 귀신의 집'이었어. 확실해."

나는 휴대폰을 꺼내서 채팅 앱을 열고 마사이치와의 대화방에 메모하기 시작했다. 해당 교실에서 하는 이벤트의 제목을.

"이거 말이야. 2층은 교무실과 교장실과 보건실 같은 것이 있는 층이잖아? 그래서 숫자가 하나도 안 적혀 있어. 학교 축제하고는 상관없으니까."

"아ㅡ, 그러게. 그런 거였구나."

"후후후. 이 정도 수수께끼는 쉽죠. 이 명탐정 토이로한테는."

"아, 명탐정이구나. 아까 그 마크의 의미는 내가 먼저 눈치챘는데."

"나, 나도 거의 동시에 눈치챘거든?! 마사이치 군, 자네에게는 명 일반 시민이라는 칭호를 부여하겠노라."

"난 우선 탐정부터 되어야 하는 거야?!"

그런 대화를 나누면서 우리는 종이를 바탕으로 3층과 1층의 번호가 붙은 교실들을 둘러보고 다녔다.

"잠깐만, 여기 과자 가게가 있어. 아까도 이런 게 있었나?"

겉모습도 내부도 쇼와 시대(1926~1989년) 같은 복고풍 과자 가게가 만들어져 있었는데, 거기서 실제로 과자도 팔고 있었다. 갑자기 사명감이 솟구쳐서 나는 그 과자 가게로 자연스럽게 빨려 들어갔다.

"야, 시간 없어."

"이것도 조사야, 조사. 어떤 상품들이 있는지. 초콜릿이 들어간 과자는 많이 있는지. 실행 위원회가 준 예산이 어떻게 사용됐는지. 판매 장부는 제대로 적고 있는지."

"마지막은 뭐야, 세무 조사야?! 지금은 한가하게 딴 데나 들르고 있을 때가 아니야!"

"앗—, 내 과자—, 과자 좀 보고 가자—."

마사이치한테 질질 끌려가면서 교실 밖으로 나왔다. 그대로 계단을 내려가 1층으로 갔다. 여기서부터 우리는 빠른 속도로 모든 교실의 점검을 마쳤다.

마사이치는 내가 보내준 메모를 휴대폰으로 보면서 한 자 한 자 차례대로 확인했다.

"위층부터 순서대로 읽을게. '탈출 게임 일상편'의 다섯 번째 글자 '일'. '아무도 모르는 학교의 전설'의 첫 번째 글자 '아'. '충격 경악 트릭아트'의 네 번째 글자 '악'. '실시간 자체 제작 영화 상영'의 두 번째 글자 '시'. '으악! 귀신의 집'의 첫 번째 글자 '으'. '화음 축제'의 두 번째 글자 '음'."

"학교의 전설은 대체 뭐였을까? 그 외에도 신경 쓰이는 이벤트들은 시간 있으면 구경해보고 싶은데—."

그렇게 말하면서 나는 결과적으로 나온 글자들을 다시 휴대폰에 적어봤다.

'일' '아' '악' '시' '으' '음'.

······뭔지 모르겠다.

일단 이벤트 제목은 각 교실의 입구에 적혀 있었으므로, 잘못 옮겨 적어서 잘못 계산했을 가능성은 없을 텐데. 일, 아, 악······?

"모르겠어······."

내가 그렇게 중얼거리듯이 말하자, 옆에서 마사이치가 갑자기 입꼬리를 끌어올렸다.

"정해진 코스를 따라 이동해주세요. 맞지?"

앗······.

그 말을 듣고 나도 즉시 눈치챘다.

그것은 이 수수께끼 종이를 받을 때 실행 위원인 여학생이 커플 그랑프리의 규칙에 관해 설명해주면서 했던 말이었다. 그랑프리와는 상관없는 참 의례적인 주의사항이구나. 나는 그런 생각을 얼핏 했었다.

1층부터 정해진 순서대로 그 숫자가 나타내는 글자를 읽어봤더니──.

"'으' '음' '아' '악' '시' '일'. ······음악실."

쉽게 답이 떠올랐다.

잠깐만, 분하다. 내가 아닌 남이 그렇게 쉽게 답을 맞히

다니. 그것도 '당연한 거 아냐?'란 식으로 답을 맞히다니.

내가 발끈해서 화난 눈빛으로 쳐다보자, 마치 승자의 특권인 것처럼 마사이치가 이쪽을 보고 히죽 웃었다.

젠장, 두고 봐라. 다음에는 지지 않을 거다. 그렇게 나는 완전히 패배자다운 대사를 머릿속으로 읊었다.

음악실 문은 열려 있었다. 그 안에는 아무도 없었지만…… 즉시 우리는 여기에 온 것이 잘못이 아니었음을 알게 됐다.

"앗, 저거 봐."

칠판에 실행 위원회의 메시지가 적혀 있었다.

『solar 촬영』

우리는 얼굴을 마주 봤다. 그 후 창문을 돌아봤다.

"수수께끼를 풀고, 그 답이 보이도록 투샷 사진을 찍으라고 했지?"

마사이치가 말했다.

"응, 맞아. solar라니? 태양인가?"

나는 창문 쪽으로 다가가 살며시 손을 댔다. 잠금장치를 열고 창문을 옆으로 밀었더니 휭 하고 차가운 바람이 뺨을 스치고 지나갔다. 머리 위에는 새파랗게 갠 가을 하늘과 태양이 있었다.

"여기서 태양을 배경으로 둘이서 사진을 찍으라는 건가?"

"아마도 그런 거겠지……?"

내가 휴대폰 카메라를 켜자, 마사이치가 옆에 다가왔다. 둘이 나란히 선 다음에 셀카 모드로 설정한 휴대폰을 들어서——.

"…………." "…………."

한동안 침묵의 시간이 흘렀다.

"이거 좀 이상하지 않아?"

"응. 뭔가 석연찮은 부분이 많아."

역시 마사이치도 나와 같은 의견이었구나!

"애초에 'solar'라고 영어로 써놓은 것 자체가 이상해."

"맞아. 게다가 태양은 어디서든지 찍을 수 있잖아?"

"너무 단순하기도 하고."

"위화감이 넘쳐."

우리는 누가 먼저랄 것도 없이 창가에서 멀리 떨어졌다.

"음악실에서 찍을 수 있는 solar……."

solar, solar, 솔라…….

"솔라!"

알았다! 나는 잽싸게 교실 안을 둘러봤다. 저기 있구나!

나는 서둘러 교실 구석에 있는 그랜드피아노로 뛰어가 건반 뚜껑을 열었다.

"찾았다!"

솔과 라의 건반에 '정' '답'이란 스티커가 붙어 있었다.

"쳇, 한발 늦었네" 하고 마사이치가 말했다.

"후후후. 내가 이겼어. 명 일반 시민 씨."

"그 설정을 아직도 안 버렸어?"

그렇게 대꾸하면서도 진심으로 아쉬워하는 표정을 짓고 있는 마사이치. 그게 재미있어서 나는 쿡쿡 웃음을 터뜨렸다.

커플 그랑프리. 너무 재미있다! 아마도, 아니, 틀림없이 마사이치와 함께하고 있기 때문일 것이다.

나는 즐거운 기분으로 마사이치와 함께 투샷을 촬영했다.

"이것으로 미션 클리어지? 안심하니까 배가 고파졌어."

"아니, 아까 교내에서 어슬렁거릴 때부터 가끔 네 배가 꼬르륵거리던데……. 밖에 있는 음식 부스로 갈래?"

"헉, 들켰구나?! 응, 가자, 가자—!"

옛날부터 이렇게 둘이서 뭔가를 하는 시간을 정말 좋아했다.

예나 지금이나 그랬고, 또 앞으로도. 이 시간을 계속 소중히 여기고 싶다. 나는 그와 함께 걸으면서 문득 그런 생각을 했다.

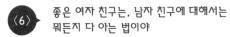
『커플 그랑프리 본선 참가가 완료됐습니다.

오후 1시 30분에 가정실습실로 모여주세요.』

음식 부스에서 산 소시지를 먹고 있는데 토이로의 휴대
폰으로 그런 메시지가 날아왔다.

오, 왠지 가슴이 설레는데. 이렇게 선택받은 자에게 초
대장이 날아와 어떤 장소를 전달받는 시스템이라니.

그와 동시에 약간 긴장되기도 했다. 전학년에서 과연 얼
마나 강력한 커플들이 가정실습실로 모여들까? 우리의 힘
이 통할 만한 상대인 걸까?

애초에 가정실습실에서 뭘 하려는 걸까?

막연하게 그런 생각을 하면서 오전에는 토이로와 함께
학교 축제를 만끽했다.

음식 부스를 낸 학급이 큰 소리로 손님을 불러 모으고
있었고, 안뜰에 설치된 무대 쪽에서는 노래자랑 대회의 노
랫소리가 들려왔다. 좀 전에 지나간 어느 교실에서는 연극
이 공연되고 있었는데 그 클라이맥스의 결혼식 장면에서
는 신부가 진짜로 눈물을 흘렸었다. 그리고 운동장에서는
바로 지금 화학부의 거대 골판지 상자 비행기의 비행 실험
이 이루어지고 있어서, 사람들이 잔뜩 모여들어 시끄럽게

떠들어대고 있었다.

그야말로 축제 분위기. 저절로 기분이 고양됐다.

정신을 차려 보니 어느새 오후 1시 반이 다 되어 있었다.

토이로한테 이리저리 끌려다니면서 소시지뿐만 아니라 다코야키, 볶음국수, 닭튀김 등 다양한 음식 부스를 한바탕 휩쓸고 다녔다. 그래서 배가 터질 듯이 불렀다.

큰일 났다. 너무 많이 먹었어. 움직이지 못하겠어…….

"마사이치! 지각할 것 같아!"

나보다 더 많이 먹었을 텐데도 기운이 넘치는 토이로가 그렇게 재촉을 했다. 우리 둘은 가정실습실로 향했다. 힘들어…….

가정실습실 문은 닫혀 있었다.

어떤 강자들이 모여 있을까. 심호흡으로 일단 마음을 가라앉힌 다음에 나는 천천히 문을 열었다.

"앗, 토이롱! 다행이다! 왜 이렇게 늦게 왔어?!"

누군가가 우리를 발견하고 얼른 뛰어왔다. 토이로와 같은 헤어스타일을 한 조그만 소녀였다.

"우와아! 마유야, 너도 클리어했구나, 그 난관을!"

"응! 난 거의 도움이 안 됐지만!"

마유코가 힐끔 뒤쪽으로 시선을 보냈다.

"어휴, 아니야. 마유코의 발상력의 도움도 받았거든. 우리 둘의 힘으로 승리를 손에 넣은 거야."

마유코가 있다는 것은, 당연히 이 녀석도 있다는 뜻이다.

"훗, 기다렸어. 마사이치 나리. 나리는 틀림없이 올 거라고 생각했지. 이 본선에."

뒤에서 나타난 사루가야가 앞머리를 쓸어 올리며 다가왔다. 하얀 이를 드러내고 호전적인 미소를 지으면서.

"너는 실행 위원이잖아. 예선의 수수께끼의 답을 알고 있었던 거 아냐?"

일단 그게 궁금하긴 했다. 그래서 옆에 선 사루가야에게 물어봤다. 이 커플 그랑프리는 공평하게 이루어지고 있는 걸까.

"아니, 나는 커플 그랑프리 운영에는 관여하지 않았어. 다만 그 뭐냐, 예선이 수수께끼 풀이라는 소문은 듣긴 했어. 본격적으로 사람 수를 줄이는 것은 본선에서 할 테니까, 그 수수께끼는 시간만 투자하면 답을 알 수 있는 수준으로 만들 거라는 이야기도 들었고."

"그랬구나."

"하지만 그럴 거면 좀 더 쉽게 만들어도 됐을 텐데. 마유코와 둘이서 당황했다니까. 간단한 넌센스 퀴즈여도 되잖아. '팬이 제일 잘~' 같은 거."

"'만드는 음식은 뭘까요?' 말이야?"

"'찾아내는 의상은 뭘까요?' 말이야."

그게 무슨 수수께끼냐. 이 와중에 에로 원숭이가 하는

말이라서 슬프게도 금방 답이 떠올랐다.

"……팬티?"

"예쁜 팬티다."

정답이라고 해줘도 되잖아. 굳이 정정하지 마.

혹시나 이 한심한 대화가, 근처에서 이야기하고 있는 토이로와 마유코한테 들리지 않았을까? 하고 생각하니 좀 무서워졌다.

그런데 듣고 보니 납득이 갔다. 예선의 수수께끼는 그렇게까지 어려운 것은 아니었다. 사루가야의 말대로 계속 생각하다 보면 언젠가는 불현듯 깨달음을 얻을 만한 수준이었다.

그리고 지금부터 사람 수를 줄인다는 건가…….

나는 주위를 둘러봤다. 커플은 20쌍쯤 되어 보였다.

애초에 '사람들 앞에 나서서 이 학교 축제의 분위기를 띄워보겠다!'라고 생각하는 기개 있는 커플이 몇 쌍이나 있었는지 모르겠지만, 일단 이것이 예선을 통과한 커플의 수였다. 그런데 그 종류는 다양했다. 남녀가 둘 다 적극적으로 나댈 것 같은 경박한 커플도 있고, 또 운동부처럼 상쾌한 느낌으로 청춘의 한 페이지를 장식하기 위해 참가한 듯한 커플도 있었다.

이윽고 정해진 시간이 되었다. 예선 때 접수처에 앉아 있던 검은 머리 실행 위원 여학생이 교실 앞쪽의 화이트보

드 앞에 섰다. 교칙을 위반하거나 흐트러진 부분 따윈 하나도 없이 교복을 완벽하게 차려입은 모습. 역시 성실해 보이는 소녀였다.

이 여학생이 커플들을 시험하기 위해 본선 내용을 고안했다면——즉흥적으로 도전해봤자 이겨나갈 수 없는 '진짜 커플로서의 등급 평가'가 실시될 가능성이 높을 것 같았다.

"여러분, 고생하셨습니다. 그리고 커플 그랑프리 본선에 참가해주셔서 감사합니다. 여기서 정식으로 인사드리겠습니다. 저는 이 학교 축제 실행 위원회의 커플 그랑프리 기획부에 소속된 호시이즈미라고 합니다. 그럼 즉시 본론으로 들어갈게요. 이 본선 1회전에서 여러분은——."

서로 죽고 죽이셔야 합니다——라는 뒷말이 튀어나올 것처럼 절묘한 뜸 들이기였다.

어째서 이 사람이 도중에 말을 멈췄는가. 그것은 갑자기 뒷문이 드르륵! 하고 열렸기 때문이다.

"죄송해요. 무대에서 연극 공연을 하느라 늦었습니다. ……이미 시작됐나요?"

나는 깜짝 놀라 소리를 지를 뻔했다.

그곳에 서 있는 새로운 참가자는, 내가 잘 아는 인물——.

"카에데! 어, 카스카베?"

토이로도 놀랐는지 작은 목소리로 그렇게 반응했다.

내가 커플 그랑프리 우승을 목표로 한다고 선언했을 때

후나미는 아무 말도 하지 않았다. 게임 센터에서 카스카베와 이야기를 나눴을 때도 그랬다. 그리고 언제나 후나미 곁에 있는 토이로도 아무런 이야기도 듣지 못한 것 같았다.

설마 이 두 사람이 참가했을 줄이야——.

"지금 설명하는 중입니다. 당황할 필요 없어요. 문 닫고 들어오세요."

호시이즈미 선배는 카스카베와 후나미가 들어올 때까지 기다렸다가 다시 입을 열었다.

"네, 그럼 설명하겠습니다. 본선 1회전에서 여러분은 요리 대결을 펼치시게 됩니다. 이름하여 '애정 듬뿍, 연인을 위한 요리 대결'!"

호시이즈미 선배는 손가락으로 하트를 만들면서 조금 흥분한 목소리로 경기의 이름을 발표했다. 그리고 주위를 한번 둘러보더니, 박수나 환호성 같은 특별한 반응이 없는 것을 확인한 뒤 "네" 하고 말하면서 손가락을 내렸다. ……누가 시켰나?

호시이즈미 선배는 "준비해주세요!"라고 말했다. 그러자 교실 앞문을 통해서 또 다른 실행 위원이 식재료를 담은 카트를 가지고 들어왔다. 고기, 채소, 생선, 과일 등 그 종류도 다양했다. 마치 TV에서 하는 요리 프로그램처럼 본격적이었다.

"규칙은 간단합니다. 여기 이 재료들을 이용해서 연인에게 애정이 듬뿍 담긴 음식을 만들어주는 겁니다. 그런 두 사람의 모습과 음식 자체를 저희 실행 위원 심사원이 심사할 겁니다. 그래서 비공개로 점수를 매기고, 상위 50%가 1회전을 통과하게 될 겁니다."

본선에 돌입하자 드디어 경기 내용은 커플 그랑프리답게 변했다.

——그런데 요리 대결이라고……?

……이거 상당히 위험해진 걸지도 모른다.

내가 힐끔 살펴봤더니, 토이로는 창백해진 얼굴로 조그맣게 중얼거리고 있었다.

"끝났다……. 나의 커플 그랑프리……."

"아, 아니, 포기하지 마."

대기실인 화학실로 이동한 뒤에도 토이로는 계속 절망하고 있었다.

"왜 하필 요리야……?"

역시 요리에는 자신이 없는 것 같았다. 예전에 나를 위해 도시락을 싸 왔을 때도 대부분을 어머니가 만들어주셨다고 했지. 그게 문득 기억났다.

뭐, 그래도 토이로는 유능하니까 막상 해보면 요령 있게 잘할지도 모르지만. 치명적인 게으름 때문에 그동안 거의 도전을 안 해봤다.

"나도 어려운 음식은 못 만드는데."

꼭 여자가 만들어야 한다는 규칙은 없었다. 하지만 실은 나도 요리 실력은 토이로와 막상막하였다.

이런 상황에서 과연 그랑프리 대회에 어울리는 음식을 준비할 수 있을까.

"마유는 식당에서 아르바이트도 하고 있고, 카에데는 취미가 요리인데……. 으으, 나도 평소에 실력을 쌓아둘 걸……."

그렇게 말하면서 토이로는 책상 위에 엎드렸다.

이번에는 열 팀씩 제한 시간 45분 동안 요리에 도전하는 시스템이었다. 일찍 끝낸 커플 한 쌍이 교실에서 나오면 다음 한 쌍이 입실하게 된다.

순서는 제비뽑기로 정했다. 나와 토이로는 후반 그룹에 속하게 되었다. 이미 처음 들어간 커플 몇 팀의 심사가 끝났고, 대기하고 있던 남녀 몇 팀이 호명되어 입실했다.

요리하는 동안에는 휴대폰을 비롯한 통신기기의 사용을 금지한다는 규칙도 발표됐다. 그래서 지금 이 대기실에 있는 동안 예습을 해두려고 휴대폰을 뚫어지게 들여다보고 있는 커플들이 많았다. 이 와중에 여유로워 보이는 팀이 두 팀 있었으니, 마유코는 열심히 사루가야에게 무슨 말을 하고 있었고, 카에데는 손거울을 들고 자신의 얼굴 상태를 점검하고 있었다. 그렇게 적의 동향을 살피다가 우연히 카스카베와 눈이 마주칠 뻔했다. 나는 허둥지둥 고개를 앞으로 돌렸다.

……점점 더 초조해지네.

"아―, 어떤 재료가 있는지도 제대로 안 봤어……."

토이로가 책상 위에 힘없이 턱을 올려놓은 자세로 휴대폰을 만지작거리면서 말했다. 요리를 검색하려고 하는 것 같았다.

"나도 잘 보진 못했는데……. 바구니에 계란이 잔뜩 들어 있는 것은 눈에 띄었어."

"뭐? 그럼 게임 끝났네. 간장 계란밥을 만들면 되잖아. 최강의 밥! 간계밥, 간계밥!"

"그만해. 다른 커플들의 시선이 아프게 느껴지잖아. '저기 한 쌍은 탈락이네'라고 말하는 듯한 시선……."

아니 뭐, 그 마음은 이해한다. 맛있으니까. 간장 계란밥은. 그것은 맛과 속도라는 두 개의 분야에서 특화된 음식이지. 일반적인 게임에서는, 두 가지 특출한 능력치를 가지고 있는 캐릭터는 꽤 활용하기 좋기도 하고. 하지만 이번 게임과는 상성이 안 맞아. 뭐니 뭐니 해도 커플 그랑프리니까. 여기서 요구되는 것은 '애정' 같은 거잖아. ……어? 잠깐만. 애정을 따진다면 간장 계란밥에도 애정이 듬뿍 들어가 있는 거 아냐? 닭과 양계장 주인의 애정이――.

그렇게 현실도피를 하는 사이에 시간은 점점 지나갔다.

"……아무튼 해보는 수밖에 없어."

"응. 이것도 두뇌 싸움이라고 생각하자. 주어진 시간 내에 한정된 재료들을 가지고, 이 1회전의 통과 조건을 만족시키는 음식을 만들어내는 거야."

"오, 잠깐만. 재미있어지는데? 좋아, 해보자!"

결국 그렇게 즐기는 방향으로 마음을 다잡는 수밖에 없었다. 그리고 우리는 담당자의 부름을 받아 아무 대책도 없이 가정실습실에 입장했다.

그곳에서는 먼저 입장한 커플들이 허둥지둥 바쁘게 요리를 하고 있었다. 가정실습실의 넓은 테이블 위에 재료들을 펼쳐놓고, 거기 설치되어 있는 가스레인지에다 프라이팬이나 냄비를 올려놓고 쓰고 있었다. 그리고 교실 뒤편의 오븐 앞에 줄 서 있는 사람들도 몇 명 있었다.

음식을 완성한 사람들은 손을 들어서 심사원인 실행 위원을 자기 테이블로 부른다. 그리고 심사원들 앞에서 실제로 애인에게 음식을 먹이는 것 같았다. 그 후 심사원 세 명도 음식을 조금씩 먹어서 맛도 확인하는 듯했다. 그다음에 셋이서 의논해 점수를 결정하는 것이다.

우리는 지정된 테이블 앞에 도착하자 한동안 주위의 상황을 관찰했다. 그래서 대충 흐름은 파악했다. 재료를 살펴보기 위해 교실 앞쪽에 세워져 있는 카트 쪽으로 가려고 하다가 나는 토이로를 돌아봤다.

토이로는 지금 심사를 받는 한 커플을 유심히 보고 있었다. 그들이 만든 음식은 오므라이스인 것 같았다. 접시 밖으로 튀어나올 정도로 커다란 하트가 케첩으로 그려져 있었다. 애정 면에서는 높은 점수가 기대……되겠지? 그리고 마치 과시하듯 여자가 남자 친구에게 "아~" 하고 음식을 먹여주고 있었다.

　"진짜 사이좋아 보이네."

　토이로가 불쑥 한마디 중얼거렸다.

　"저것도 평가 요소가 될지도 몰라."

　임시 커플인 우리의 연인 작업이, 진짜 커플의 애정 행각에 어느 정도로 대항할 수 있을까.

　"……하지만 정말로 오므라이스를 맛있게 먹고 싶다면, 저런 식으로 케첩을 뿌리는 것은 싫지 않아? 보통은 한가운데에 눅진하게 뿌리거나 전체적으로 듬~뿍 뿌릴 텐데."

　"그러게. 하트만으로는 좀 부족할 것 같아……."

　"그렇지? 그런 것을 진짜 애정이라고 할 수 있을까."

　토이로는 손가락 사이에 살짝 턱을 끼우고 생각하는 포즈를 취했다. 그러다가 곧 뭔가 깨달은 듯한 표정으로 고개를 들었다.

　"이 방법밖에 없을지도…… 몰라."

　"진짜 있어? 이 위기를 극복할 명안이?"

　나는 놀라움과 기대가 섞인 마음으로 토이로의 얼굴을

바라봤다.

"이것만 믿고 도박을 해보는 수밖에 없어……. 이제 시간도 없고, 일단 나한테 맡겨줘."

여기서는 토이로의 계책을 믿어보는 수밖에 없으리라.

"응, 잘 부탁해."

내 대답에 토이로는 크게 고개를 끄덕였다. 그리고 재료 카트 쪽으로 걸어갔다.

요리를 시작한 지 10분쯤 지났을 때였다.

"자, 완성했어!"

토이로가 그렇게 말하더니 휴 하고 숨을 돌렸다.

"이걸로, 괜찮겠어……?"

나는 눈앞에 있는 음식을 보고 당황했다. 일단 확인해보려고 토이로에게 물어봤다.

정말 이걸로 괜찮은 건가?

"응! 이 정도는 나도 만들 수 있고……. 그리고 마사이치. 네가 지금 먹고 싶은 음식은 이거 아냐?"

그 말을 듣고 나는 깜짝 놀랐다. 그래, 지금이라면 이 음식이 내 입에는 가장 잘 맞을지도 모른다.

토이로가 "식기 전에 먹어야지—"라고 하면서 손을 들어 심사원을 불렀다. 세 명의 학교 축제 실행 위원들이 모여들었다. 그러자 토이로가 음식의 이름을 발표했다.

"완성했습니다. 남자 친구에 대한 마음을 담아 요리했어요. 재패니즈 진심, 애정의 구현화, 따뜻함의 결정체. 그 이름은 바로 'JUK'입니다."

"…………." "…………." "…………."

테이블 위에 놓여 있는 것은 밥공기에 담은 죽 한 그릇이었다.

외국어 억양으로 소개했지만, 음식 자체는 아무런 특징도 없는 완벽한 죽이었다. 단지 그뿐이었다.

심사원들도 할 말을 잃고 멍하니 있었다. 그야 당연했다. 지금까지는 온갖 애정을 긁어모아 상대에게 쏟아붓는 것처럼 정성을 다해 만들어놓은 갖가지 음식들을 봤을 테니까. 그에 비하면 이 단순한 죽은 하늘과 땅 차이였다.

하지만 이것이 지금의 우리들——토이로가 쓸 수 있는 최선이었다. 이제는 나도 토이로의 계책이 뭔지 알았다.

"그, 그럼 우선, 이 메뉴를 선택한 이유를 가르쳐주세요. 그리고 음식을 상대에게 대접하는 모습을 보여주세요."

심사원들을 대표해 호시이즈미 선배가 그렇게 말을 꺼냈다.

그때부터 토이로의 연기가 시작됐다.

"네. 저…… 이렇게 풍성한 재료들을 준비해주셔서 감사합니다. 모처럼의 기회니까 이것저것 만들어보고 싶은 음식은 있었는데요……. 마사이치——제 남자 친구가, 지금

속이 안 좋아서……."

나는 그 말에 맞장구를 치듯이 이어서 말했다.

"네. 아까 점심때 모의 식당들을 신나게 둘러보다가 음식을 너무 많이 먹어서……. 속이 좀……."

"이번 심사에서는 남자 친구도 음식을 먹어야 한다는 이야기를 듣고, 가능한 한 부담이 안 되는 음식을 만들어야겠다 싶어서……. 그게 문제가 된다면 어쩔 수 없는 거라고 생각했습니다."

그러더니 토이로는 심사원의 반응을 살폈다.

"그렇군요……. 아뇨, 무엇을 만들지는 참가자의 자유니까요. 전혀 문제는 없습니다. 오히려 여자 친구가 남자 친구를 아끼는 마음이 잘 전해져서 정말 좋다고 생각합니다. 혹시 몸 상태가 좋지 않다면, 억지로 음식을 드실 필요는 없어요."

"아뇨, 제 여자 친구가 신경 써서 만들어준 거니까요. 당연히 먹을 겁니다."

이번에는 내가 그렇게 말하면서 한 발 앞으로 나섰다. 밥공기와 숟가락을 집어 들었다.

걸쭉한 흰쌀죽에는 녹색 무청이 섞여 있었다. 테이블 위에는 그 외에도 다진 파, 연어 플레이크, 매실장아찌가 작은 종지에 담겨 있어서, 맛을 다양하게 내려고 하는 요리사의 노력도 엿보였다. 토이로는 이렇게 겉모습을 그럴싸하게 잘 꾸미는 능력이 있었다(칭찬이다).

"잘 먹겠습니다."

나는 흰쌀죽을 한 입 먹었다. 그 순간 부드럽게 퍼지는 육수의 향이 콧구멍 속을 지나갔다. 따뜻한 쌀이 혓바닥 위에서 사르르 녹으면서 은은한 단맛이 느껴졌다. 아삭한 무청을 씹었더니 이번에는 독특한 쓴맛이 입안에 퍼졌다.

"맛있다."

그것은 진심에서 우러난 한마디였다.

"그렇지?"

토이로는 기분 좋게 빙그레 웃었다.

정말로 맛있었다. 토이로, 이 녀석. "이 정도는 나도 만들 수 있고……"라고 하더니, 실제로는 예상보다 더 훌륭한 음식을 만들어냈잖아?

게다가 지금 죽이 아니라 오므라이스 같은 음식이 나왔더라면 나는 그것을 억지로 먹어야 했을 것이다. 그러면 심사원이 그런 내 태도를 눈치채고 점수를 깎았을지도 모른다. ……뭐, 실은 애초부터 오므라이스를 잘 만들 수 있는 사람이 우리 중에는 없지만.

그런 상황을 타개하고 오히려 이용한 것이 이 아이디어였다. 간단한 요리를 그랑프리 대회장에서 정당한 요리로 승화시키고, 더 나아가 커플끼리 서로를 아껴주는 모습도 표현하는 데 성공했다. 나이스. 토이로를 칭찬해주고 싶었다.

자, 이제는 심사원이 어떻게 평가해주느냐에 달렸는데…….

죽을 앞접시에 덜어서 맛을 본 심사원들은 서로 얼굴을 마주 봤다.

"네, 감사합니다. 그럼 심사를 시작하겠습니다."

그러더니 자리를 떠나는 심사원들. 그들은 놀라워하면서도 뭔가 납득한 듯한 표정을 짓고 있었다. 나쁘지 않은 반응처럼 보였다.

하지만 내가 그렇게 반쯤 안심했을 때.

"자, 잠깐만요!"

누군가가 손을 들고 목소리를 냈다. 그것은 내 옆에 있는 토이로였다.

"그, 그래도, 이, 일단은……."

토이로는 조그맣게 중얼거리면서 테이블에 놓여 있는 죽 그릇으로 손을 내밀었다.

"뭐, 뭔데?"

내가 물어보자 토이로는 내 귓가에 입을 가까이 대고 말했다.

"여, 연인 작업이야. 승률을 조금이라도 높이기 위해서야. 자, 마사이치."

그러면서 숟가락을 들어 보여줬다. 가벼운 말투와는 정반대로 왠지 묘하게 뺨이 붉어진 것처럼 보였다.

후— 후— 하고 죽을 식히더니. 토이로는 예의 그 대사를 입에 올렸다.

"자, 아~."

으, 응. 그렇구나. 하기야 끝까지 최선은 다해야지.

누가 쳐다보는 상황에서 하려니까 어색하기 짝이 없었지만…… 나는 큰맘 먹고 입을 벌렸다.

"으, 으억."

"앗, 미안."

토이로가 쑤셔 넣은 숟가락이 입안을 찌르는 바람에 나는 반사적으로 신음 소리를 냈다. 누가 봐도 익숙하지 않은 티가 났다.

"뜨겁지 않아? 마, 맛있어?"

걱정스럽게 내 눈을 들여다보며 물어보는 토이로.

"으, 응, 맛있어."

나는 그런 토이로를 보고 좀 동요해서, 아까보다는 맛을 잘 느끼지 못했다.

……이게 과연 평가에 도움이 될까?

심사를 마친 우리는 가정실습실에서 나왔다.

"아무튼 네 덕분에 살았어. 용케 이런 작전을 생각했네."

"헤헷. 아니, 그런데 마사이치. 너 실은 정말로 과식해서 좀 힘들었지?"

그랬다. 좀 전에도 '지금 먹고 싶은 음식'으로서 토이로가 죽을 언급했을 때 나는 깜짝 놀랐다.

속이 안 좋다는 이야기는 토이로에게는 한마디도 안 했는데…….

내가 무의식중에 얼빠진 얼굴로 토이로를 바라봤더니.

"후후후. 원래 좋은 여자 친구는, 남자 친구에 대해서는 뭐든지 다 아는 법이야!"

그러더니 토이로는 자, 어떠냐! 하고 의기양양한 표정을 지었다.

"……그, 그런 거야?"

평소와는 달리 센스 있게 받아치지 못하고 당황했다. 그와 동시에 나는 급격히 심박수가 증가하는 감각을 느꼈다.

"좋아—! 계속 이렇게 커플 그랑프리를 완벽하게 공략해서 우승하자!"

토이로가 "파이팅—!" 하고 주먹을 치켜들었다.

"그, 그래. 왠지 성공할 것 같은 기분이 드네. 우리 둘이라면."

아직 1회전 결과도 안 나왔지만 나도 신이 나서 "파이팅" 하고 손을 번쩍 들었다.

어쩐지 지금이 무척 즐거웠다. 학교 축제의 분위기에 휩쓸린 건지, 아니면 토이로의 웃는 얼굴이 눈부셔서 그런 건지. 왠지 모르게 가슴속이 찡하게 따뜻해졌다. 신기한 기분이었다.

　이런 기분이, 이런 시간이 앞으로도 쭉 이어지면 좋을 텐데. 계속 이어지길 바랐다.

　문득 그런 생각을 하다가——앗 하고 깨달았다.

　나는 앞으로도 영원히 토이로와 이런 온도를 유지하면서 함께 웃고 싶은 것이다.

　기회는 지금밖에 없었다.

　뒷걸음질 칠 것 같은 생각을 억지로 막아놓고, 그동안 멀리했던 자신의 감정과 똑바로 대면했다. 계속 외면했던 이유를 건드려봤다. 그리고 과감하게 언어로 표현해봤다.

　——만약에 이 감정이 사랑이라면, 그것이 잘 진전돼서 진짜 커플이 됐다고 가정했을 때——토이로와의 지금 이 관계가 어떤 식으로 변할지 나로서는 전혀 상상할 수 없었다.

　이런 기분 좋은 느낌이, 토이로와 함께 있을 때의 전능한 느낌이 그대로 쭉 이어지면 좋을 텐데——.

　조금이라도 변해버릴 가능성이 있다면? 그렇게 생각만 해도 몹시 불안해졌다.

커플 그랑프리 본선 1회전을 통과했다는 알림 메시지가
토이로의 휴대폰으로 날아왔다.

그리고 둘째 날의 결승전까지 올라가게 된다면 무대 심
사가 있으므로, '두 사람의 최고의 데이트'라는 주제로 사
복을 가져오라는 내용이 적혀 있었다.

아무튼 이것으로 일단 안심했다.

현재 시각은 오후 3시.

토이로는 같은 반 여자 친구와도 같이 축제를 구경하기
로 약속한 것 같았다. 그래서 결과 알림 메시지를 보고 함
께 기뻐한 다음에 우리는 한동안 따로 움직이게 되었다.

배 속까지 진동시키는 클럽 음악 같은 중저음의 소리가
들려왔다. 아직 교내에서는 흥겨운 분위기가 유지되고 있
는 듯했다. 학교 축제 첫째 날이 끝나려면 아직 두 시간 정
도는 남았다.

어디 쉴 만한 곳은 없을까? 하고 나는 교내에서 이리저
리 돌아다녔다. 덤으로 어떤 인물을 찾으면서 어슬렁어슬
렁 걸었다. 그러다가 저 앞에서 낯익은 사람들의 얼굴을
발견했다.

"오, 마사이치 나리잖아? 표정을 보아하니 요리 대결은

무사히 통과한 것 같네."

사루가야가 나를 발견하고 말을 걸었다.

"응, 그러는 너희야말로 기분 좋아 보인다?"

나는 그렇게 대꾸했다.

"그야 뭐, 그렇지. 주방 아르바이트를 통해 피나는 수련을 해온 나한테는 쉬운 과제였거든."

사루가야 옆에서 마유코가 알통 만드는 포즈를 취하면서 말했다.

주방에서 도대체 무슨 일을 했기에……. 그거 블랙 회사아냐……? 뭐, 어쨌든 그곳에서 수련한 덕분인지 마유코와 사루가야 페어도 무사히 이기고 올라온 것 같았다.

"그럼 난 이만 가볼게. 축제 당일에는 딱히 맡은 일은 없지만, 그래도 잡일은 잔뜩 쌓여 있으니까. 마유코, 내일도 잘 부탁해."

그러더니 사루가야는 걸음을 떼면서 이쪽을 돌아보고 손을 흔들었다. 지금부터 실행 위원 일을 하러 가는 것 같았다.

그러자 마유코도 최고로 환한 미소로 답했다. 살짝 발돋움하면서 손을 흔들었다.

사루가야는 복도 모퉁이를 돌아 계단으로 갔다. 그 모습이 완전히 사라졌을 때 마유코가 휴— 하고 깊은 한숨을 내쉬었다.

"아—, 긴장했네. 아침부터 내내 같이 있느라 엄청나게 체력을 소모했어⋯⋯."

마유코는 기운이 쭉 빠진 것처럼 어깨를 축 늘어뜨렸다.

"고생했어."

마유코가 사루가야 앞에서 저절로 긴장한다는 것은, 그동안 가까이에서 쭉 지켜봤기 때문에 알고 있었다. 오늘은 정말로 애썼을 것이다. 그 정도는 상상이 갔다. 하지만 피곤하기는 해도, 또 동시에 연애란 의미에서는 매우 충실한 시간을 보내지 않았을까? 하는 생각도 들었다.

"그런데 나리는 어때? 토이롱과 잘하고 있어? 커플 그랑프리에서도 승승장구하고 있는 것 같던데."

"나리? 사루가야의 말투가 옮았나. 그러는 그쪽이야말로 분위기 좋은 것 같던데? 옆에서 보면 진짜로 연애 중인 커플처럼 보였어."

"여, 연애?! 아니, 그런 감정은, 전혀 없습니다만⋯⋯."

"아직도 숨기려고 그래?! 커플 그랑프리에도 참가했잖아. 다들 막연하게 '저 두 사람은 커플인가 봐'라고 생각할걸?"

"저, 정말?! ⋯⋯커플이라고?"

어쩐지 기뻐하는 것처럼 미소를 짓는 마유코.

──어라?

그 표정에서 순간적으로 근심 어린 그늘이 보인 것 같았다. 나는 눈을 가늘게 떴다.

우리는 자연스럽게 복도 가장자리에 붙어 둘이서 이야기를 나누고 있었다. 몇 번이나 대화한 적이 있고, 마유코의 성격도 파악했으므로 단둘이 있어도 별로 긴장되진 않았다.

"그러고 보니 메이드복 사건이 일어났을 때 말이야. 네가 사루가야를 구해줬잖아? 그거 꽤 괜찮은 파인플레이인 것 같았는데?"

사루가야가 곤경에 처했을 때 제일 먼저 나서서 아군이 되어준다. 그 시도가 멋지게 성공했다. 그러니까 좋은 인상을 심어주지 않았을까.

그때 마유코의 용기에 나는 은근히 감탄했었다.

"아─, 그거는. 사루가야가 기뻐했다면 다행인데…….
애초에 그런 것까지 생각하진 못했고, 그때는 그냥 반사적으로 몸이 움직였던 거야."

"반사적으로?"

"응, 응. 왜냐하면 사루가야가 노력했다는 것을 알고 있었으니까……. 학교 축제가 성공할 수 있도록, 우리 학급의 이벤트가 최대한 잘될 수 있도록 사루가야가 이런저런 일을 해줬으니까. 그래서 나도 어떻게든 도와주고 싶었거든."

"아─, 그랬구나."

나는 또다시 나도 모르게 감동했다. 마유코 씨, 이 얼마나 순수하고 착한 사람인가.

자신의 노력을 누군가가 알아주다니. 사루가야는 이게 얼마나 고마운 일인지 알고 있을까. '노력'이란 것은 누군가가 인정해줬을 때 비로소 보상을 받는 측면이 있다고 생각하는 것이다.

특히 그 녀석의 변태 캐릭터 뒤에 숨어 있는 성실함을 알아준다는 것은, 정말로 사루가야를 잘 관찰하고 있다는 증거일 것이다.

"사루가야는 어때? 시끄러운 녀석인데. 너와 성격은 잘 맞는 편이야?"

나는 창문 쪽으로 몸을 돌리면서 그렇게 물어봤다.

"잘 맞는지……는 모르겠지만, 같이 있으면 즐거워. 사루가야도 나한테 친절하게 대해주는 것이 느껴져. 걔는 키도 크고 얼굴도 잘생겼고, 사고방식도 멋지고……."

황홀한 표정으로 이야기하는 마유코. 자신이 좋아하는 남자에 대한 자랑을 늘어놓고 있다는 사실도 모르나 보다. 부끄러워하는 기색도 없었다.

나는 그런 마유코를 좀 놀리고 싶기도 해서 이렇게 물어봤다.

"그럼 이제 곧 진짜 커플이 되는 거야?"

……대답이 없었다. 마유코가 이쪽을 돌아보더니 내 눈을 쳐다봤다.

예상외의 진지한 눈빛에 나는 당황했다. 그때 마유코가

천천히 입을 움직였다.

"……진짜 커플이란 것은, 어떤 거야? 가르쳐줘."

"나, 나한테 묻는 거야?"

"난 모르겠어. 지금까지 누군가와 사귀어본 적이 없으니까. 커플이 된다는 것은 어떤 느낌이야?"

나는 그 말을 듣고 아! 하고 깨달았다.

"……지금 이 상태로 즐거운데, 사귀게 되면 어떻게 되는지. 그게 궁금한 거야?"

내 말에 마유코는 끄덕끄덕 격렬하게 고개를 움직였다.

"응, 그거야! 지금 같이 있기만 해도 행복한데, 더 관계가 진전되면 어떻게 되는 걸까? 하는 생각이 들거든. 연인이란 것은 대체 뭐야? 그야 뭐, 사귀는 사이가 아니면 할 수 없는 일도 많을 테지만, 스스로 경험해본 적은 없으니까……. 처음 해보는 것은 뭐든지 좀 무서워. 게다가 사귄다면 언젠가는 헤어질 수도 있잖아? 주위에서 그런 일이 자주 일어나는걸. 그런 것까지 생각할 필요는 없을 테지만……. 자꾸 이런저런 상상을 하게 돼."

"응, 이해해!"

"아니, 넌 이미 토이롱과 사귀고 있잖아."

"그, 그건 그렇지만."

나도 모르게 맞장구를 쳐버릴 정도로 마유코의 이야기는 공감이 갔다. 게다가 마유코는 나 같은 놈보다 훨씬 더 많은 것을 생각하고 있었다. 상황을 직시하고 있는 것이다…….

같은 고민을 하는 사람이 있다. 그래서 나는 조금 안심했고, 또 동시에 자신이 신경 쓰고 있던 문제가 명확해지는 듯한 감각을 느꼈다.

"나도 모르는 것이 너무 많아. 헤어지는 건…… 생각해본 적도 없는걸."

"그렇게 불길한 미래는 생각하기도 싫은 게 당연하지. 하지만 고등학교 때 사귀었던 상대와 결혼하는 경우는 거의 없대. 나랑 같이 아르바이트하는 대학교 4학년 선배가 아직 고등학교 때의 남자 친구와 사귀는데, 주변 사람들이 다들 그걸 보고 '굉장하다!'라고 말한다니까. 그런데 그 커플도 최근에는 사이가 멀어진 것 같아서……."

"우와…… 그런 현실적인 이야기는 하지 마……."

그런데 실제로 고등학교 시절부터 사귀기 시작한 커플이 그대로 결혼에 성공하는 비율은 몇 퍼센트나 될까. 잘은 몰라도 상당히 낮을 것이다. 단순히 생각했을 때 결혼——골인을 할 준비가 될 때까지의 시간이 길면 길수록 헤어질 확률도 높아질 테니까.

……뭐, 거기까지 계산해서 사귈지 말지 결정하는 커플도 거의 없을 테지만.

"미, 미안, 미안해. 이상한 이야기를 해서. 너희들은 잘해봐. 내가 응원할게."

잠시 생각에 잠겨버린 나에게 마유코는 당황한 것처럼 그런 말을 했다.

"아, 미안해. 좀 생각할 것이 있어서."

마유코의 질문에 시원하게 대답할 수 있게 될 때까지는 시간이 좀 더 걸릴 것 같았다. 하지만 왠지 신경 쓰이던 내 마음속의 뭔가가 조금씩 정체를 드러내는 듯한 느낌이 들었다.

"그리고 나야말로 너희를 응원할게."

나는 이어서 그렇게 말했다.

마유코의 연애는 시작부터 지금까지 종종 몇 장면을 지켜봤다. 그래서 꽤 진심으로 그 연애가 잘되기를 바라고 있었다.

"그래, 그럼 각자 힘내서 잘해보자."

그러더니 마유코가 작은 주먹을 내밀었다. 나도 피식 웃으면서 손을 들었다.

창가에서 펼쳐진 작은 연애 회의는 이렇게 탁! 하고 서로 주먹을 맞대면서 끝이 났다.

☆

나, 카에데, 마유.

우리 친구 그룹 중에서 세 사람이 커플 그랑프리에 참가하는 바람에 우라라를 혼자 놔두고 말았다.

"토이로!"

"카에데! 자, 갈까?"

가정실습실에서 나온 뒤 마사이치와 헤어진 나는 카에데와 합류해 우라라를 찾아다니기 시작했다.

"먼저 요리가 끝나서 교실에 가봤는데, 거기에는 없었어"라고 카에데가 말했다.

"그래—? 메시지는 보냈는데 답장이 안 와—. 어디로 간걸까?"

우라라는 어디 있는 걸까. 아무 이야기도 듣지 못했으므로 전혀 상상이 가지 않았다. 이렇다 할 단서도 없고…….

주위를 두리번두리번 둘러봤지만, 복도에는 사람들이 넘쳐나고 있었다. 이거 아무래도 오래 걸릴 것 같았다.

"아 참, 그런데 카에데도 커플 그랑프리에 참가했구나?!"

걸으면서 나는 궁금했던 이야기를 꺼냈다.

"응. 대회 직전에 참가하자는 제안을 받았거든. 미안해. 말을 못 해서."

"어? 아냐, 괜찮아. 그런데 카스카베가 먼저 제안했구나? 그건, 그러니까…… 기쁘네."

내 말에 카에데는 "응" 하고 미소 지으면서 고개를 끄덕였다.

흠. 카스카베가 먼저 제안했단 말이지. 이건 상당히 궁

정적인 신호가 아닐까. 왠지 좋은 느낌이 아닐까. 대회 직전에 참가하자고 말했나 본데, 카스카베의 마음속에서 뭔가 바람직한 심경의 변화가 있었던 게 아닐까.

그런 생각을 하면서 나도 모르게 미소를 지었다.

"그랬구나―. 그런데 너희들은 너무 강력한 라이벌이야."

"아하하하. 그래도 힘내서 사랑의 힘을 보여줘, 토이로. 너희가 작전대로 우승해서 최고의 커플임을 슌에게 보여줘야 해. 알았지?"

"아니, 그게―. 너희 둘이 너무 강한걸―."

실제로 사귀느냐 마느냐 하는 문제와는 상관없이 그들은 서로 잘 어울리는 미남 미녀였다. 요리 심사도 틀림없이 쉽게 통과했을 테고…….

뭔가 작전을 생각해봐야겠어.

"그런데 우라라는 진짜 어디로 간 걸까. 건물 안에는 없는 걸까?"

"아, 응. 그러게. 일단 밖으로 나가볼래?"

우리는 승강구로 가서 신발을 갈아 신었다. 안뜰을 통과해 음식 부스들이 있는 곳으로 가려고 했다.

안뜰의 무대에는 지금 이 시간대에는 DJ 부스가 설치되어 있는 듯했다. 들어본 적 있는 EDM 소리가 쿵쿵 울리고 있었다. 뭔가 정해진 춤이 있는지는 모르겠지만, 그곳에 모인 사람들은 다들 자기 마음대로 몸을 흔들고 있었다.

그런데 거기서 유일하게 꼼짝도 안 하는 사람이 있다면, 저절로 눈에 띌 수밖에 없었다.

"우라라……!"

우라라는 무대 근처에 서서 물끄러미 DJ 부스를 쳐다보고 있었다. 거기 서서 헤드폰을 쓴 채 테이블을 조작하고 있는 한 남자를 쳐다보는 것 같았다.

나와 카에데는 서로 얼굴을 마주 봤다.

"아니, 저기요. 저 여자는 우리 반의 나카소네 씨가 아닌가요?"라고 말하는 카에데.

"네, 그러게요. 저것은…… 뭔가 사연이 있어 보이네요."

"제법 잘생기지 않았어?"

"제법 잘생겼네."

저 남자는 아마도 선배일 것이다. 분위기를 보면 알 수 있다. 무대 근처에 모여서 떠들고 있는 사람들이 대부분 상급생이기도 하고.

갈색 파마머리, 큰 키, 햇볕에 타지 않은 흰 피부가 특징적이었다. 저런 사람이 이상형인가……? 아니 뭐, 실은 누구나 좋아할 것 같은 멋진 남자였다. 좀 경박해 보이지만.

학교 축제의 학급 이벤트로 무엇을 할지 생각해볼 때 우라라는 "축제 당일에 자유롭게 지낼 수 있는 이벤트가 좋다"라고 말했었다. 그것은 이 DJ 타임을 꼭 보러 가고 싶어서 그랬던 걸지도 모른다.

"……지금은 가만히 놔두는 게 좋겠어."

나는 조용히 카에데에게 말했다.

"응. 추궁은 나중에 해야지. 어휴, 진짜. 우리한테는 비밀로 하고 뭐 하는 건지……."

카에데는 눈을 가늘게 뜨고 우라라를 보면서 다정한 쓴웃음을 지었다.

학교 축제에서 친구들이 모두 다 청춘을 즐기고 있는 것이다. 문득 그런 생각이 들자 나도 저절로 웃음이 나왔다.

그리고 이 분위기를 이용해 카에데에게 질문을 던져봤다.

"저기, 있잖아……. 넌 좋아하는 감정을 억제할 수 없게 된 적이 있어?"

카에데가 힐끔 이쪽을 돌아봤다.

"……상대를 너무너무 좋아하게 돼서?"

"으, 응."

안뜰을 지나가는 산들바람에 머리카락이 가볍게 휘날렸다. 학교 축제의 열기 때문인지 그 바람이 유난히 차갑게 느껴졌다.

카에데는 내 얼굴을 바라보면서 조용히 "있어"라고 말했다. 그 순간 심장이 두근거렸다.

마치 스위치가 켜진 것처럼 카에데는 기세 좋게 이야기하기 시작했다.

"있지, 얼마든지 있어. 사고를 당하는 그를 내가 구해주고 대신 죽는다든가 하는 망상도 자주 해. 그러면 틀림없이 나는 그에게 특별한 존재가 될 수 있을 테니까, 안 그래? 평생 그의 기억 속에 남아 있을 테니까. 그걸로 족하다고 생각하는 거야."

"괴, 굉장하네."

"그런가? 하지만 최근에는 그냥 1주일만 사귀어도 만족해버릴 것 같아서 좀 무서워……. 실은 그 정도로는 절대로 만족할 수 없지만. 그렇지만 옛 애인으로서 그의 인생의 일부가 될 수 있다면, 최악에는 그것도 괜찮겠다는 생각이 들어."

그러더니 카에데는 후후 하고 자조적으로 웃었다.

"그, 그것 참……."

"후후후. 나도 참 제법이지?"

뭐랄까. 굉장하다. 그런 말밖에 안 나왔다. 정말 놀라운 발상이다. 카에데답다고 하면 카에데답긴 하지만…….

그런데 아마도 그것은, 그 정도로 '좋아하는 감정'이 흘러넘치고 있다는 뜻일 것이다.

나도 내 나름대로 열심히 돌진해도 되는 걸까.

신경 쓰이는 점은 하나였다. 과연 그런 나를 마사이치가 어떻게 생각할까──.

음악이 달라지면서 주변 사람들이 한층 더 열광했다. 다들 그 자리에서 펄쩍펄쩍 뛰기 시작했다. 우리는 안뜰 가장자리로 이동했다.

"그러고 보니 아직 못 들었네."

나는 문득 생각난 것처럼 그렇게 말했다.

"뭘?"

카에데가 주위의 시끄러운 소리에 지지 않는 성량으로 대꾸했다.

"카에데, 네가 카스카베를 좋아하는 이유."

나와 카스카베 사이의 이런저런 문제 때문에 카에데의 사랑 이야기는 지금까지 거의 듣지 못했다. 그런데 카에데는 우라라나 마유에게도 이야기하지 않은 것 같았다. 실은 일부러 숨기고 있는 걸지도 모른다.

카에데는 미소 지으면서 슬쩍 내 귓가에 입을 가까이 댔다.

몰래 비밀 약속이라도 하는 것처럼 속삭이는 목소리가 내 고막을 직접 흔들었다.

"토이로. 오늘 방과 후에 시간 있어——?"

*

"……네가 왜 여기 있냐."

"나도 게임 센터는 좋아하니까."

오후 4시 30분에 학교 축제 첫째 날이 끝났다. 적당히 교실을 치우고 내일 행사를 준비한 뒤 오후 5시에는 학교에서 나왔다.

그날 나는 목적이 있어서 이곳에 왔다.

이렇게 지금 내가 게임 센터에서 카스카베 옆에 서 있는 것은 결코 우연이 아니었다.

"저기. 물어보고 싶은 것이 있는데."

나는 저번처럼 격투 게임을 하는 카스카베의 뒷모습을 향해 말을 걸었다.

"뭔데? 일부러 이런 데까지 쳐들어와서……."

그렇다. 일부러 이런 데까지 찾아온 것이다.

실은 학교 축제에서 기회를 노려 그의 이야기를 들어보고 싶었는데, 카스카베는 학급 이벤트인 연극 무대에 오르거나 커플 그랑프리에 참가하느라 바빴으므로 좀처럼 그럴 기회가 없었다.

그 와중에 토이로가 방과 후 후나미와 이야기를 좀 하게 되었다고 말했다. 그래서 나는 "그럼 오늘은 따로 집에 가자"라고 제안했다. 어쩌면 카스카베와 이야기할 기회가 올지도 모른다. 나는 교실을 나와서 그 녀석의 상황을 살펴보러 갔다.

같은 반 친구나 동아리 동료와 같이 있을 가능성도 있다고 생각했는데, 운 좋게도 카스카베는 혼자 귀가하기 시작했다. 그 시점에서 그가 어디로 갈지는 대충 예상할 수 있었다. 나는 카스카베의 뒤를 밟았고, 그는 예상대로 학교에서 좀 멀리 떨어진 곳에 있는 게임 센터로 들어갔다.

"단도직입적으로 물어볼게. 어제 그 불량한 녀석들이 했던 말. 그리고 네가 토이로에게 집착하는 이유. 그 두 가지가 무슨 상관이 있는 거야?"

"…………."

카스카베는 묵묵히 게임을 계속했다. 생각 중인 걸까, 아니면 대답하기 싫다는 의사 표시일까. 한동안 그런 상태가 지속됐다.

……휴. 그나저나 카스카베를 미행하는 동안에는 지나가는 사람들의 시선이 유난히 아프게 느껴졌었다. 틀림없이 스토커 취급을 당했을 것이다. 탐정은 일하면서 항상 이런 기분을 맛보는 걸까. 혹시 나중에 탐정이 된다면, 나는 꼭 명탐정이 돼서 추리만 하고 싶다.

그런데 카스카베가 혼자가 되자마자 즉시 말을 걸지 않고 게임 센터에 들어갈 때까지 그냥 내버려 뒀는데, 내가 이렇게 사서 고생을 한 데에는 분명히 이유가 있었다.

"이봐. 여기서 한 번 더 싸워보지 않을래?"

나는 카스카베에게 다 들리도록 그렇게 말했다.

"내가 이기면 너는 질문에 대답해야 해. 만약에 내가 지면, 반대로 네 질문에 뭐든지 대답해줄게. 물론 나는 절대로 지지 않을 거지만."

카스카베가 이쪽을 돌아봤다. 격투 게임은 카스카베의 압승으로 끝났다.

"난 다 알아. 너는 이 싸움에서 도망칠 수 없어. 나와 같은 타입이니까. 직감적으로 알 수 있다고."

혼자서도 게임 센터에 다니면서 이렇게 게임을 열심히 하는 남자가 이런 도발을 무시하고 넘어갈 수는 없을 것이다. 저번에 에어 하키 시합에서 이 녀석의 지기 싫어하는 성격도 직접 봤다. 나와 좀 비슷한 부분이 있는 것 같았다.

그런 카스카베를 이렇게 도발해서 싸움에 응하게 만드는 것. 그 목적 때문에 나는 불편한 시선을 온몸으로 받아내면서 그와 함께 긴 산책을 했다.

카스카베는 말없이 이쪽을 응시하고 있었다. 조용히 투지를 불태우는 것 같았다. 이윽고 그는 천천히 입을 열었다.

"……그래. 나도 너에게 물어보고 싶은 것이 있었어."

아마도 자신 있는 것이리라. 그는 일어나더니 입꼬리를 끌어올려 빙그레 웃었다. 하지만 아무리 상대가 게임에 자신 있어도, 나는——나 자신과 토이로를 위해 반드시 이길 것이다.

"어떻게 할래?"

이어서 카스카베가 나에게 물었다.

"저번처럼 실력 차이가 나지 않는 게 좋은데. 그리고 운에 크게 좌우되지 않는 것."

"어, 그래. 그러면⋯⋯."

카스카베는 주위를 둘러보면서 걷기 시작했다.

"에어 하키가 제일 공평해 보이지만 저번에 했으니까. 크레인 게임은 어때? 아니다, 그것은 조건을 똑같이 맞추기가 어렵구나. 경품의 배치, 집게의 힘, 게다가 확률 조절기 문제도 있고."

"퀴즈 게임이나 우리 둘 다 플레이해본 적이 없는 리듬 게임은 어때? 아니, 그건 별로 싸우는 느낌이 안 나? 메달 게임 코너에서 제한 시간 내에 얼마나 많은 메달을 벌 수 있을지 경쟁해볼래?"

"그러게. 그것도 괜찮지만⋯⋯ 역시 좀 더 서로 부딪치면서 맞대결을 할 수 있는 게임이 좋을지도 몰라."

그때 카스카베가 멈춰 섰다.

"테코리스는 어때? 네 실력은 어느 정도야?"

카스카베가 말한 것은 국민적인 블록 쌓기 게임의 이름이었다.

"글쎄. 규칙은 당연히 알고, 적당히 게임을 즐길 만한 수준⋯⋯이라고 하면 될까. 생초보는 아니지만 따로 연습한 적도 없어."

게임기 본체를 샀을 때 처음부터 인스톨되어 있던 게임 중에 테코리스가 있어서 토이로와 함께 가지고 놀았었다. 특별히 기술을 연마한 적은 없지만, 아마추어로서 나름대로 시합에 열중했던 것은 기억났다.

"그럼 나와 비슷한 실력이네. ……T스핀은 할 줄 알아?"

카스카베가 기술 이름을 말했다. 테코리스에 조금이라도 관심이 있는 사람이라면 알 만한 초보적이고도 중요한 기술이었다. 나는 고개를 옆으로 흔들었다.

"아니. 가끔 우연히 될 때도 있지만, 내가 하려고 해도 잘 안 돼."

"그렇구나. 응, 나와 비슷해. 나도 T스핀의 이론까지는 완전히 파악하지 못했거든. 좋아. 그럼 이걸로 할까?"

T스핀은 기본적인 기술이면서도 상대에게 큰 타격을 줄 수 있는 중요한 기술이다. 이것을 할 수 있느냐, 없느냐에 따라 실력 차이를 확인하는 것은 아주 적절한 판단 기준이라는 생각이 들었다.

"좋아. 하자."

우리는 두 대 있는 테코리스 게임 기계 앞에 나란히 앉았다. 화면에 나오는 데모 영상을 보니까 왠지 집에서 토이로와 함께 플레이했을 때의 그리운 추억이 되살아났다.

각자 기계에 100엔을 집어넣었다.

"오랜만이네. 연습은 필요 없어?"

"네가 하고 싶으면 해도 되는데?"

"……물어볼 필요도 없었구나."

내가 마지막으로 플레이한 것은 약 3년 전이었다. 카스카베가 최근에 플레이했다면 내가 불리하지만…… 그렇다고 이제 와서 다른 게임으로 하자고 말할 수는 없었다. 정말로 물어볼 이유가 없었다.

"자, 그럼 시작하자."

카스카베의 말을 듣고 '내부 대결' 모드를 선택했다. 발랄한 폰트로 카운트다운이 진행되더니 시합이 시작됐다.

위에서 내려오는 미노*를 알맞은 모양으로 끼우면서 점점 쌓아갔다.

──윽. 조작하기 힘들어.

평소에 이런 게임을 플레이할 때는 비디오 게임용 컨트롤러를 사용했다. 손으로 감싸는 형태의 둥그런 아케이드 스틱은 별로 사용해본 적이 없었다. 손끝으로 조작하는 것과는 조작감이 전혀 달랐다.

그래서 고전하면서도 어떻게든 실수 없이 미노를 쌓았는데──.

쑥! 하고. 밑에서 회색 블록이 올라왔다. 카스카베의 공격이었다.

힐끗 곁눈질로 상대의 화면을 살펴봤다.

──빠르잖아?!

그는 격투 게임을 할 때 선보였던 현란한 스틱 조작 기술로 빠르고 정확하게 미노를 쌓고 있었다. 제기랄, 저 녀

---

*네 개의 정사각형으로 이루어진 다각형 조각

석은 아케이드판에 익숙한 건가. 꼼꼼하게 블록을 네 줄로 쌓은 다음에, 미리 홀드해둔 길쭉한 막대기로 한꺼번에 블록을 없애서 나를 공격하는 것이었다.

"크윽."

또 바닥에서 회색 블록이 튀어나왔다.

젠장. 계속 방어전만 하고 있구나.

"뭐 해? 네 실력은 그 정도야?"

헉 하고 돌아봤더니 카스카베가 히죽 웃고 있었다. 나는 몰래 어금니를 꽉 깨물었다.

어쩐지 옛날 생각이 났다. 분명히 테코리스에서는 토이로가 나보다 더 잘하는 경우가 많았다. 나를 이기려고 공략 동영상을 보고 온 것 같았지. 토이로의 간단한 기술에 나는 압도당했던 것 같은데.

그게 도대체 무슨 방법이었더라······. 필사적으로 미노를 움직이면서 나는 기억을 되살리려고 했다.

『──으하하하하! 어때, 빠르지?! 나의 미노 조작 기술은 아무도 죽어도 흉내도 못 내. 아무도, 죽어도! ······아무도 죽어도 흉내도 못 내? 이거 랩 같아서 멋지지 않아? 도도도.』

······쓸데없는 소리를 하고 있구나. 아니, 아니. 하지만

뭔가 중요한 이야기를 했을 것이다. 나는 고개를 세게 흔들고 다시 한번 기억을 되살려봤다.

『——마사이치의 패인은 말이지, 미노한테 공감해주지 않는다는 거야. 사라지는 미노의 마음을 생각해본 적이 있어……?』

……음. 이번에는 영문 모를 헛소리를 하고 있군. 토이로의 평소 모습이다. 3년 전에도 똑같았구나.

그렇게 엉뚱한 생각을 하는 사이에 나는 점점 궁지에 몰리고 있었다. 카스카베가 이쪽으로 보내는 블록들이 꾸준히 쌓이면서 이쪽의 공간을 압박하고 있었다. 화면 상부에 미노의 탑이 닿을 지경이 되었다. 나는 허둥지둥 L자 미노를 꽂아서 줄을 줄였다.

이대로 있으면 위험하다.

여기서 지면 카스카베가 나한테 무엇을 물어볼지……. 아니, 졌을 때의 일을 생각하면 어쩌자는 거야? 나는 이 싸움에서 꼭 이겨서 알아내야 할 것이 있다. 절대로 질 수 없다.

토이로는 이긴 후 기분이 좋아지면 자주 자신의 수법을 자랑스럽게 이야기하곤 했다. 테코리스에서 이겼을 때도 뭔가 말하지 않았나?

『──하는 수 없지. 난 원래 제자는 두지 않는 사람이지만 특별히 가르쳐줄게. 그게 말이지. 콤보의 힘이 엄청나거든? 공격력이 점점 강해지는 거야. 평범한 콤보는 그냥 블록을 쌓기만 하면 되니까, 가능한 한 이것을 의식하기만 해도 초보자한테는 쉽게 이길 수 있는 거야.』

콤보.

나는 헉 하고 눈을 부릅떴다. 어떻게 그렇게 중요한 것을 잊어버렸을까.

이 콤보란 것은 미노로 줄을 지우는 동작을 연속으로 하는 것이다. 1콤보, 2콤보 하고 연속으로 이어 나가다가 도중에 아무것도 지우지 못하고 그냥 미노를 놓기만 하는 턴이 발생하면, 콤보는 다시 0이 된다. 그리고 그 콤보 도중에는 게임에 따라 다르긴 하지만, 보통 두 배, 세 배, 다섯 배로 공격력이 증가한다. 깔끔하게 쌓아서 네 줄을 한꺼번에 지우는 것도 좋지만, 단 한 줄을 지우더라도 망설임 없이 마구 공격을 계속하는 전술도 초보자에게는 유효한 것이다.

아직 늦지 않았다.

나는 한순간 조작을 늦추고 게임의 형세를 자세히 살펴봤다. 적절한 곳에 미노를 집어넣으면서 우선 태세를 정비

했다.

　콤보에 의한 배율 공격. 자, 여기까지는 테코리스의 기본 규칙이다.

　그럼 그 콤보를 어떻게 효율 좋게 발동시키느냐.

　『──추천하는 방법은 말이지─. 세로로 길게 두 칸을 비워놓는 거야. 초보자는 긴 막대기를 이용하고 싶어서 세로로 한 칸만 비워놓고 블록을 쌓는 경향이 있는데, 오른쪽이나 왼쪽에 두 칸을 비우는 게 좋아. 그러다가 블록이 적당히 높이 쌓이면, 위에서 내려오는 미노를 최소한의 회전만 시켜서 그 두 칸의 공간 속에다 마구 집어넣는 거야. 한 줄만 없애도 되고, 미노의 조각이 이상하게 남아도 되니까 무조건 연속 공격을 한꺼번에 몰아쳐서 하는 거지. 이것이 바로 블록 쌓기의 정석을 공부하지 않고도 사용할 수 있는, 초보자가 쉽게 이기는 방법이야.』

　일부분이 생각나자 점점 과거의 기억이 연달아 되살아났다.

　숙련자는 세로로 세 칸이나 네 칸을 비워놓거나, 한가운데의 몇 칸을 비워놓고 T스핀까지 이용하는 방법을 쓰기도 하는 모양이다. 하지만 역시 가장 만들기 쉽고 이해하기 쉬운 것은 세로 두 칸을 비운 블록이다. 긴 막대기형 미노를 제외한 나머지 테코리스의 미노들은 어떻게든 회전시키면 옆으로 두 칸을 채우는 형태가 나오니까.

나는 서둘러 울퉁불퉁한 현재의 블록들을 고르게 정리하고, 왼쪽 옆의 세로 두 칸을 비우면서 미노를 쌓아나갔다.

카스카베가 의심하는 듯한 눈초리로 이쪽 화면을 보는 것이 느껴졌다.

그래도 그 녀석은 섬세하게 스틱을 움직이면서 긴 막대기로 네 줄을 한꺼번에 삭제하는 일만 계속하고 있었다.

좋은 기회다.

나는 훗 하고 웃었다.

"끝을 내줄게. 약속은 지켜라."

카스카베의 반응을 기다리지 않고 나는 공격을 개시했다.

비어 있는 두 칸의 공간에 연달아 미노를 집어넣었다. 한 줄 또는 두 줄만 지우는 공격이 1콤보, 2콤보, 3콤보…… 6콤보까지 이어지다가 일단 정지. 즉시 텅 빈 두 칸의 구멍을 수복하면서 미노의 산을 다시 건설하기 시작했다.

그동안 상대의 필드에는 내 공격에 의한 회색 미노가 쑥쑥 올라와 있었다. 조작할 수 있는 공간이 확 줄었다.

"앗?!"

카스카베가 당황한 소리를 냈다.

그 녀석이 블록을 정리하는 동안에 나는 또다시 미노를

높이 쌓아서——콤보 공격을 재개했다. 1콤보, 2콤보, 3콤보…… 도중에 카스카베가 네 줄 삭제 공격을 시도했지만, 나는 이쪽에 쌓여 있는 공격으로 간단히 상쇄시키고 그 이상의 대미지를 상대에게 가했다.

이제 상대는 죽기 일보 직전이었다.

좁은 공간 속에서 허둥지둥 미노를 회전시키면서 힘겹게 틈새에 집어넣고 있었다.

"쳇, 여태 숨기고 있었냐?! 그런 기술과 실력을!"

카스카베가 아랫입술을 깨물면서 낮게 눌러 죽인 목소리로 말했다. 나는 그런 녀석의 표정에서 눈을 떼고 마지막 마무리 작업에 돌입했다. 더 이상 미노를 높이 쌓아올릴 필요는 없었다. 남아 있는 블록의 산으로 1콤보, 2콤보, 3콤보를 연발해 상대를 공격했다.

"아니, 생각이 난 거야."

나는 카스카베에게 그렇게 대꾸했다.

"숨겼던 게 아니야. 묻혀 있었던 거야. 수많은 추억 속에."

너무 잘난 척을 했나. 만화 캐릭터 같은 대사를 뱉어버렸다. 몹시 부끄러웠다.

하지만 실제로 그런 것이었다.

옛날에 토이로가 나에게 해준 조언 덕분에 나는 가까스로 그 테코리스 싸움에서 승리할 수 있었다.

*

"이 이야기를 해주는 것은, 어제 너한테는 이것저것 들켰기 때문이야. 아니, 실은 그렇게 특별하지도 않고, 별것도 아닌 일인데——. 다만 이것은 카에데한테도 못 했던 이야기야."

우리는 게임 센터를 나와 주차장 안쪽에 있는 화단 앞에 앉았다.

도로가 가까워서 자동차가 지나다니는 소리는 들렸지만 그래도 게임 센터 안보다는 나았다. 좀 분위기가 정리됐을 때 카스카베는 조용히 이야기를 시작했다.

"그래, 나는 예전에——중학교 시절에 집단 괴롭힘을 당했어. 그 이유는 외모 때문인데……. 그때 나는 엄청나게 뚱뚱했거든."

"네가?"

내가 물어보자 카스카베는 고개를 끄덕였다.

"내 키는 너보다 조금 큰 편이잖아? 그런데 체중이 90을 넘은 적도 있었어. 돼지였지. 기억하기도 싫은 끔찍한 체형이었어. 그 시절에는 성격도 내성적이었고, 그런 주제에 또 자존심은 강해서 그냥 착한 바보 캐릭터가 되지도 못하고…… 그러니까 집단 괴롭힘을 당할 만한 요소는 많이 있었던 거야."

카스카베는 가만히 앞쪽의 땅바닥을 바라보면서 이야기했다.

"나는 그런 나 자신이 너무 싫었어. '어떻게든 바꾸고 싶다'고 계속 생각했지. 하지만 날마다 주변 사람들이 나를 괴롭히고, 심부름을 시키고, 심지어 돈까지 빼앗아가서…… 그런 나날 속에서 도대체 어떻게 하면 지금 이 현실을 바꿀 수 있을지, 전혀 알 수가 없었어. 그저 하루하루 필사적으로 견디는 수밖에 없었는데…… 그 와중에도 그놈들한테 복수하고 싶다는 생각은 계속했었어."

카스카베가 고개를 들었다.

"그러던 어느 날, 갑자기 나에 대한 괴롭힘이 중단됐어."

"뭐?"

나도 모르게 작은 소리를 내고 말았다. 대체 무슨 일이 있었던 걸까.

"나를 괴롭히던 주동자 중 한 명이, 그 학년에서 제일 예쁘다고 소문난 여자애한테 고백을 했거든. 그리고 가차 없이 차였지. 그것 때문에 진짜로 충격을 받았는지 기운이 없어졌고……. 그 일로 친구들한테도 놀림을 받아서 영 마음이 불편해졌는지 학교에도 자주 안 나오게 되었어. 생명의 빛이 사라졌다고나 할까. 완전히 기가 죽어서 딴사람이 되어버렸지."

그 말투가 조금 빨라졌다.

"그때 나는 깨달은 거야. 나를 괴롭힌 녀석보다 더 우월한 위치를 차지하는 방법. 달라지자, 달라지자 하고 생각하면서도 그동안 내가 실천에 옮기지 못했던 것은 구체적인 목표가 없었기 때문이야. 그 당시에 중학교 3학년이었던 나는 굳게 결심했어. 고등학교에 들어가면 반드시 우리 학년에서 제일 예쁜 미소녀와 사귀겠다고. 그래서 나를 괴롭혔던 녀석들이 깜짝 놀라게 하겠다고. 그렇게 결심한 다음부터는 단 하루도 쉬지 않고 계속해서 노력했어."

카스카베의 입가에는 희미한 미소가 떠올라 있었다.

"어때, 놀랐어? 나는 이른바 고교 데뷔를 했던 거야."

"응, 확실히 의외네."

현재의 카스카베는 반짝반짝 빛나고 있어서 도저히 그런 과거는 상상할 수 없었다.

"하하하! 그래, 사실 나는 치밀하게 계산해서 고교 데뷔를 했거든."

"계산?"

나는 눈살을 찌푸렸다.

"응, 계산. 우선 고등학교는 같은 중학교 녀석들이 가지 않는 먼 지역의 공립학교를 선택했어. 사립학교는 매력적인 특색이 있어서 아무리 멀어도 가려고 하는 사람이 있으니까. 통학 시간의 문제는 어쩔 수 없으니 그냥 감수하려고 했는데, 다행히 사정을 알고 계시는 부모님이 자취를

허락해주셨어. 그다음은 복장. 중학교 시절에 입었던 옷은 다 버렸어. 뭐, 몸매도 달라졌으니까 마침 잘됐던 거지. 그리고 새 옷은 스스로 고르지 않고, 전부 다 대학생인 우리 형한테 골라 달라고 했어. 형은 내 주변에 있는 고등학생들과는 뭔가 다른 어른스러운 복장을 마련해줬어. 그리고 나는 고등학교 교복도 안 어울리는 느낌이나 익숙하지 않은 느낌이 나지 않도록, 봄방학 때 집에 오자마자 날마다 입어봤어."

카스카베는 잠깐 숨을 골랐다.

"그리고 결정타는 동아리 활동이었어. 같은 학년에서 1등으로 예쁜 미소녀를 공략하기 위해서, 1학년 때부터 운동부 주전 선수로 활동했다는 특성을 어필하고 싶었거든. 이것은 고교 데뷔를 할 때 주변 사람들에게 높이 평가받는 요소도 될 테니까. 미리 메이호쿠 고등학교에서 힘이 약한——별로 성적이 좋지 않은 운동부를 조사해봤더니 농구부가 나왔어. 상급생의 수도 적어서 주전 선수가 되기도 쉬울 것 같았지. 우리 사촌 형이 농구부여서, 1년 동안 그 형한테 부탁해서 지도를 받았어."

카스카베가 말한 '계산'은 내 상상을 가볍게 뛰어넘는 것이었다. 특히 동아리 활동에 관해서는 마치 마술 트릭의 설명이라도 듣는 기분이었다. 실은 나도 카스카베가 농구부의 주전 선수라는 이야기를 들었을 때 '카스카베는 운동도 잘하는 인싸구나'라고 제멋대로 단정 지었기 때문이다.

그런데 여기서 중요한 것은 따로 있었다. 그 계산이 실제로 성공한 이유는, 카스카베 본인의 막대한 노력이 뒷받침되었기 때문이다.

인싸가 되기 위한 노력. 나도 그 일부를 경험한 적은 있었다. 하지만 나는 외모를 꾸미는 것에 중점을 뒀는데, 카스카베는 더 나아가 다이어트라든가 운동부에 들어가기 위한 트레이닝 같은 육체 개조까지 병행했다. 그게 얼마나 힘든 일이었을지는 쉽게 상상할 수 있었다.

"뭐, 어쨌든 너로서는 '그런 이유로 토이로에게 집적거리지 마!'라고 생각할지도 모르지만."

카스카베는 그렇게 이야기를 마무리했다.

그 말이 정답이었다. 토이로가 우리 학년에서 1등으로 예쁜 미소녀라고 소문난 것은 나도 알지만, 그 외에도 예쁜 여자는 있을 텐데.

"후나미는 어때?"

나는 그대로 질문을 던져봤다.

"그 녀석은…… 소중한 여자애야. 이 고등학교에서 만났을 때부터 마음이 잘 맞았고, 여자로서도 정말 멋진 여자이고, 나를 좋아해주기도 하고……. 하지만 방금 말했듯이 나는 우리 학년에서 1등인 미소녀와 사귀는 것을 목표로 지금까지 노력해왔어. 그것이 내가 할 수 있는 유일한 복수의 방법이야."

비이성적인 고집이었다. 머리가 굳어버린 것이다. 실제로 토이로와 사귀어봤자, 카스카베를 괴롭혔던 놈이 타격을 받을 리도 없는데.

그러나 오직 그것만이 목표이자 원동력이었다. 카스카베가 지금까지 노력할 수 있었던 것은, 그 목표 지점이 명확했기 때문이다.

──하지만 그렇다면 대체 왜…….

내가 또 하나 마음에 걸리는 걸 물어보려고 했을 때──.

"그래도 속이 좀 시원해졌어."

카스카베가 불쑥 한마디를 중얼거렸다.

"응?"

나는 그 녀석을 향해 슬쩍 고개를 돌렸다.

"……얼마 전에 너한테는 한심한 꼴을 들켰잖아. 내가 옛날에 집단 괴롭힘을 당했다는 사실이 소문나지 않을까? 하고 실은 걱정했는데, 그런 낌새는 보이지 않았어. 아마도 네가 아무한테도 이야기를 안 한 것 같은데. 안 그래?"

"뭐, 그렇지."

"……그래서 오늘도 너한테는 사실대로 이야기해도 될 것 같다고 생각한 거야. 게다가……."

잠시 말을 끊더니 살짝 숨을 내쉬는 카스카베.

"왠지 모르게…… 그래, 나의 이런 노력을 누군가가 들어주길 바랐던 걸지도 몰라. 알아주기를 바랐던 거야. 마치 비극의 주인공이라도 된 것처럼. ……주변 사람한테는 당연히 말할 수 없어. 카에데한테도. ……너밖에 없었던 거야. 그리고 너라면 조금이나마 내 마음을 이해해줄 거란 느낌이 들었거든."

카스카베가 나를 바라봤다. 그 눈에는 더 이상 적의의 빛은 없었다. 오히려 꽤 온화하게 눈꼬리가 내려간 것처럼 보였다.

카스카베의 말대로 나는 이 녀석의 노력을 조금쯤은 이해해줄 수 있을 것 같았다. 나 자신이 토이로에게 어울리는 남자가 되기 위해 노력했었으니까.

물론 그런 이유로 토이로에게 폐를 끼친다는 것은 여전히 용서할 수 없지만.

그래도──.

"아, 그런데 네가 먼저 제안한 거지? 커플 그랑프리에 참가하자고. 후나미한테."

나는 카스카베를 상대로 그렇게 말을 꺼냈다. 토이로가 후나미에게서 얻은 정보였다. 좀 전에 이것을 물어보려다가 이야기의 흐름상 그냥 넘어갔었다.

"……그래. 내가 먼저 제안했어."

"왜? 네 목표물은 토이로 아니었어? 그런데 커플 그랑프리라는 이벤트에 후나미와 함께 참가하다니."

정확히 이름을 언급하면서 물어봤다.

중요한 문제였다. 카스카베의 진심을 지금이라면 들을 수 있을지도 모른다고 생각했다.

"……글쎄. 그건, 뭐랄까, 이제는 확실히 하고 싶어서."

"확실히 한다고?"

"그래. 네가 말했잖아? 확실히 해보라고. 그 말을 듣고 슬슬 나도 그렇게 해야겠다는 생각이 들었어."

그러면서 카스카베는 왠지 멋쩍은 것처럼 시선을 피했다. 블레이저 재킷의 주머니에 손을 집어넣고 일어났다.

"오늘은 고마웠어. 테코리스는 연습해올게."

그런 말을 남기고 그는 그곳을 떠나 총총히 큰길 쪽으로 걸어갔다.

나는 얼이 빠져서 그를 불러 세우지도 못했다. 머릿속에서는 저번에 게임 센터 앞에서 카스카베에게 했던 말이 되풀이되고 있었다.

『토이로와 후나미 중에서 누구를 좋아하는데? 여기서 확실히 해봐. 어때?』

그때 카스카베는 침만 꿀꺽 삼키더니 입을 다물어버렸다.

──그 답을 지금 내놓으려고 하는 건가……?

커플 그랑프리에 참가한 모습을 봤을 때부터 어라? 하고 의문을 느꼈었다.

아아…….

남의 일인데도 몹시 가슴이 두근거렸다.

어쩌면 후나미에게도 이제 기회가 온 걸지도 모른다——.

*

집에 돌아간 나는 그날 밤 토이로에게 전화를 걸었다.

"무조건 멋진 남자가 되기로 결심했는데, 그때 세운 목표가 자기 학년에서 1등으로 예쁜 미소녀와 사귀는 것이었대."

오늘 카스카베와 대화한 내용을 간단히 알려줬다.

『굉장하다! 용케 그런 고백을 받아냈구나?! 후후후. 내가 테코리스를 너에게 가르쳐준 덕분일까? 잘했다. 제자야.』

"제자는 두지 않는 사람이라면서?"

일단 그가 과거에 집단 괴롭힘을 당했다든가, 고교 데뷔를 하려고 노력했다는 이야기는 언급하지 않았다. 그래도 토이로한테는……이란 생각도 들었지만, 역시 여기서 내가 그 사실을 폭로하면 안 될 것 같았다. 카스카베는 나를 믿고 모든 사실을 털어놨으니까.

『그런데 1등이라니……. 아니, 누가 나를 1등이라고 정해놓은 것도 아닌데.』

스피커 모드의 휴대폰에서 투덜거리는 듯한 토이로의 목소리가 들려왔다.

"……하지만 그런 소문은 자주 들리던데. 그 정도면 역시 1등인 거 아냐?"

한두 명이 하는 이야기가 아닌 것 같았다. 토이로가 예쁘다는 것은 우리 1학년들의 공통된 인식일 테고, 본디 중학생 때부터 토이로가 메이호쿠 중학교의 기적이라고 불렸다는 이야기도 들은 적이 있었다. 나는 그런 생각을 하고 있었는데.

『마사이치, 넌 어떻게 생각해……?』

토이로가 그렇게 말했다. 나는 반사적으로 휴대폰 쪽을 돌아봤다.

"나? ……어, 글쎄. 예쁘다고 생각하는데?"

예쁜 것은 예쁜 거니까. 그것은 일단 그렇다고 생각하고, 일반론에 의하면 그게 사실일 테고, 내가 그 사실을 부정하는 것도 이상할 테고, 아니, 예쁘지 않다고 주장하는 것은 아무리 봐도 이상할 테고, 테고, 테고……. 뭐지? 머리가 고장 난 것 같았다.

『내가 1등이야?』

여기서 토이로가 또 질문을 던졌다.

"1등……이지 않아? 애초에 나는 다른 여자들은 거의 모르는걸."

『흐음—? 다른 여자들을 거의 모르는데도 그냥 1등이라고 단정 짓는 거야?』

그러더니 토이로는 『헤헤헤』하고 신난 것처럼 웃었다.

"후보군을 거의 모르면서 1등이라고 해준 건데, 그게 그렇게 기뻐?"

『응. 다른 여자애들은 몰라도 그냥 내가 1등이라는 거잖아? 그게 오히려 설득력이 있어.』

"그런가. 해석에 따라 달라지는구나……."

그런데 확실히 다른 여자에 대해서는 알려고 하지도 않으니까, 토이로가 진짜 1등이 맞는 걸지도 모른다.

……부끄러워졌다. 나는 혼자 열심히 고개를 좌우로 흔들었다.

"아, 아무튼, 이제야 겨우 카스카베가 너를 노린 이유가 밝혀졌네."

『그러게. 큰 수확이야!』

"그 녀석은 후나미한테도 이 이야기는 안 했다고 했어."

내가 별생각 없이 그렇게 말했을 때였다.

『뭐?!』

토이로가 놀란 것처럼 반응했다. "응?" 하고 나는 의아한 소리를 냈다.

그러나 토이로의 그다음 말에는 나도 깜짝 놀라고 말았다.

『나도 말하려고 했는데…… 저기, 카에데는 이미 그걸 알고 있던데……?』

학교 축제 첫째 날이 끝난 후. 나와 카에데는 둘이서 역 앞으로 갔다.

그러고 보니 단둘이 이렇게 밖에 나가는 것은 처음이었다. 아주 조금 어색하긴 했지만, 최근에 새로 생긴 것 같은 카페에 가보자! 하고 신나게 떠들다 보니 어느새 불안감은 깨끗이 사라졌다.

"내가 카스카베를 좋아하는 이유가 뭔지 궁금하다고 했지?"

자리에 앉아서 좀 쉬다가 카에데는 즉시 본론으로 들어가 줬다.

"카에데, 너 은근히 즐거워 보인다?"

"여자들끼리 연애 이야기를 하는 거잖아. 그야 당연히 즐겁지."

카에데는 후후 하고 웃더니 카페라테 잔에 입을 댔다.

카스카베에 관해 이야기할 때는 카에데는 언제나 즐겁게 많은 이야기를 해준다. 내용은 그저 깨가 쏟아지는 애인 자랑이지만, 카에데처럼 아름답고 좀 어른스럽고 평소에는 냉정한 여자애가 그렇게 애인 자랑을 늘어놓는 모습은 귀여워서 마음에 들었다. 영원히 구경해도 질리지 않을 정도였다.

그런 생각을 하면서 나도 핫초코를 홀짝거렸다.

"난 말이지. 연애를 해보고 싶었어. 남들보다 더 멋진 연애를."

카에데는 그렇게 입을 뗐다. 나는 핫초코 수면에서 시선을 떼고 카에데를 쳐다봤다.

"원래 나는 성격이 어둡고 멋도 부릴 줄 몰랐어. 눈이 엄청나게 나빠서 렌즈가 두꺼운 안경을 쓰고 다녔거든. 중학교 때 이야기인데, 토이로, 그때의 나를 알아?"

"아, 어, 그게……."

중학교 시절에 카에데와 같은 반이 된 적은 없었다. 메이호쿠 중학교는 그 지역에서 특히 거대한 학교였다. 한 학년에 반이 열 개 정도나 있어서, 나도 전교생을 다 파악하지는 못했는데…….

고등학교에서 같은 반이 되어 대화를 나눠보고 '이렇게 예쁜 여자애가 있었구나' 하고 놀랐었다.

그런데 듣고 보니 확실히 그랬다. 나는 중학교 시절의 카에데는 전혀 몰랐다.

"내가 마유코는 아니지만, 실은 나도 로맨스 영화나 드라마 같은 것을 동경하거든. 그리고 현실을 보면 실제로도 내 주변에서 반짝반짝한 나날을 보내는 사람이 있단 말이지. 그런데 나는 날마다 우울하고 그저 그런 나날을 보내고 있잖아……? 같은 인류인데 이래도 되는 걸까? 하는 생각이 들어서. 용기를 내서 행동에 나선 거야. 어림짐작으로 이것저것 시도하면서 촌티를 벗으려고 노력했지. 그래서 어찌어찌 고등학교에 입학할 때는, 우리 반에서도 특히 예쁜 애들이 모여 있는 그룹에 들어가는 데 성공했어. 모두 참 친절해서, 큰맘 먹고 다가간 나를 자연스럽게 받아 줬지. 고마워."

카에데가 부드러운 표정으로 미소를 지었다.

그런 사정은 전혀 몰랐다. 카에데가 그런 마음을 숨긴 채 우리와 함께 있었다니.

"그래서 말인데. 토이로, 그거 기억해?"

"뭐?"

"입학한 지 얼마 안 됐을 때. 누가 1학년생끼리 인사하는 자리를 만들어줬잖아. 1학년에서 눈에 띄는 애들이 주로 참가했는데, 1반 여자애 중에서는 너와 우라라와 마유코가 참가했었어. 다른 반 여자애들과 농구부나 축구부 남자애들도 있었고, 그렇게 다 같이 볼링장과 노래방에 갔었잖아."

"아— 알지, 알지. 기억해."

분명히 그날 집으로 돌아가는 길에 편의점 앞에서 마사이치와 우연히 마주쳤다. 그리고 며칠 후, 나는 임시 여자친구가 되려고 마사이치에게 고백을 했다.

"그때 나는 그렇게 노는 분위기라든가 기본적인 규칙 같

은 것을 잘 몰랐어. 볼링은 어깨너머로 배운 지식으로 그
럭저럭 흉내는 냈고, 노래방에서는 적당한 타이밍에 음료
수를 가지러 가거나 화장실에 가면서 교묘하게 마이크를
피했는데…….”

“우와― 난 전혀 몰랐어.”

“몰랐지? 난 그런 것은 잘하거든. 하지만 인싸는 이렇게
피곤한 종족이구나 하고……. 지쳐버렸을 때, 그런 나를
유일하게 눈치채준 사람이 있었어.”

그 사람이 카스카베였어. 카에데는 신이 나서 들뜬 목소
리로 말했다.

“내가 음료 코너에서 쉬고 있을 때 카스카베가 왔거든.
그때 처음으로 대화를 나눴어. 카스카베도 도망쳐 나온 것
같았어. ‘피곤하지? 무리하지 마’라고 하더라. 아직 한 번
도 노래를 부르지 않아서 다음에 방에 돌아가면 틀림없이
다른 애들이 나한테 마이크를 넘길 테니까, 뭔가 같이 부
를 수 있는 노래를 미리 생각해두자. 그는 그렇게 말했던
거야. 그리고 실제로 내 차례가 왔을 때 같이 노래를 불러
줬어.”

누가 그렇게까지 해주는데 연애 초보자인 내가 어떻게
버티겠어? 하고 카에데가 말했다.

“응, 그러면 반할 수밖에 없겠네.”

“맞아, 그렇지?”

내가 동의하자 카에데는 적극적으로 몸을 쑥 내밀었다.

"그런데 말이야. 곰곰이 생각해보면 그때 실은 카스카베도 한 곡도 부르지 않았거든."

"뭐?"

"노래방 리모컨을 조작하는 손놀림도 왠지 어색해 보였어. 마치 잘 모르는 것처럼. 자세히 관찰해봤더니 말이지, 그 애가 두리번두리번 주변을 살펴보면서 분위기에 맞게 행동하려고 하는 것이 눈에 보이더라고."

"그렇다면……."

"응. 본인이 직접 이야기해준 적은 없지만, 그도 나와 같았던 거야. 같으니까 알았던 거야. 고교 데뷔 특유의 당혹감과 긴장감. 굳이 말하지 않아도 나한테는 전해져왔어."

"……카스카베도 고교 데뷔를 했을 거란 말이야?"

"그래. 나중에 집에도 놀러 가게 되면서 중학교 졸업 앨범 같은 것도 살짝 봤거든. 그러니까 틀림없어. 아, 이건 그에게는 비밀이야."

"으, 응."

그때 부우부웅 하고 테이블 위에 놔둔 카에데의 휴대폰이 진동했다. 알림에 의해 대기 화면이 표시됐다.

그 화면에 나타난 카스카베의 일상적인 옆얼굴을 보면서 카에데는 사랑스럽다는 듯이 웃었다.

"자기도 익숙하지 않아서 힘들었을 텐데도, 그날 카스카베는 나를 도와준 거야."

　온화한 음성, 다정한 눈동자, 편안한 표정. 정말로 그를 좋아한다는 것이 확실하게 전해져왔다.

"그래. 그런 거였구나——."

　카에데는 늘 올곧게 나아가고 있었다. 좋아하는 마음에 브레이크를 걸지 않았다. 처음 상대에게 품은 감정을 소중히 여기면서 쭉 키워온 것이다. 그런 카에데가 무척 눈부셔 보였다.

☆

　카스카베와 카에데가 누군가를 '좋아하는' 이유. 알고 싶었던 그 이유가 밝혀졌다.

　그날 나와 마사이치는 계속 통화하면서, 학교 축제 둘째 날인 내일을 위한 작전을 하나 세웠다.

오늘도 하늘은 우리 편인 것 같았다.

학교 축제 둘째 날도 상공은 학생들의 청춘을 꾸며주는 것처럼 새파란 색깔로 물들어 있었다.

내가 연결 복도에서 홀로 바깥 공기를 마시고 있는데, 기다리던 사람이 학교 건물에서 이쪽으로 뛰어왔다.

"마사이치, 이야기하고 왔어!"

내 옆까지 다가온 토이로는 무릎을 손으로 짚고 숨을 헉헉 몰아쉬었다. 오늘도 기합을 넣은 걸까. 땋은 머리를 양 갈래로 묶은 헤어스타일이었다.

"그렇게 서두를 필요는 없는데."

"아니, 그게 말이지. 시간이 꽤 아슬아슬해서. 커플 그랑프리 2회전 참가자는 9시까지는 또 승강구에 집합해야 하잖아?"

그렇다. 둘째 날의 커플 그랑프리 본선 2회전은 아침 일찍부터 실시되는 듯했다.

지금 등교해서 학교 축제가 시작되기까지는 15분 남은 상황이었다. 집합 시간이 거의 다 됐다. 그런데 집합하기 전에 먼저 여기서 할 일을 해치워야 했다.

토이로를 통해 후나미에게 카스카베의 비밀을 하나 가

르쳐준 것이다.

——어제 네가 이야기했잖아? 카스카베는 고교 데뷔를
했다고. 마사이치가 들었다고 하는데, 카스카베는 정말로
멋진 남자가 되기 위해 노력해왔던 것 같아. 그 과정에서
같은 학년에서 1등으로 예쁜 미소녀? 아무튼 그런 애와 사
귀는 것을 목표로 삼았대. 그러다가 그 목표에 이상하게
집착하게 돼서, 그것이 일종의 쐐기가 되어 아직도 가슴속
에 박혀 있는 모양이야.

그러니까 아마도 카스카베가 정말로 좋아하는 것은 그
쪽이 아닐 거야——.

토이로는 후나미에게 그렇게 이야기해줬다고 한다.

카스카베가 나한테 가르쳐준 진짜 과거는 철저히 비밀
로 하고 무난한 부분만 가르쳐준 것이다.

"그래서 반응은 어땠어?"

나는 토이로에게 물어봤다. 중요한 부분이었다.

"'그것을 알게 된 것이 제일 기뻐'라고 말했어. 약간 생각
에 잠기는 것 같았지만."

"생각에 잠겼다고……."

"아니, 그냥 조금 그랬다는 거야. 기본적으로는 '가장 알
고 싶었던 것을 알게 돼서 정말로 기뻐!'란 느낌이었어."

"그렇구나. 좋아, 그럼 작전은 결행하자!"

그러자 토이로가 내 눈을 들여다보면서 크게 고개를 끄덕였다.

오늘 하루 건투를 비는 것처럼 우리는 굳게 쥔 주먹을 가볍게 콩! 하고 맞댔다.

*

『여기는 우리에게 맡겨! 너희들은 안심하고 다녀와. 핵심 전력인 메이드가 세 명 줄어드는 것은 큰 타격이지만……..』

교실을 떠나는 우리를 배웅하면서 반장이 그런 말을 했다. 손님을 모으기 위해서일까? 어느새 완전히 메이드 긍정파로 넘어가 있었다. 뭐, 그건 그렇다 치고. 우리가 커플 그랑프리에 참가하고 있다는 것은 교실 전체에 알려진 것 같았다. 고맙게도 다들 응원하는 분위기인 듯했다. 메이호쿠 기누스 쪽의 일도 융통성 있게 빼줄 정도였다. 그리고 결승까지 살아남으면 응원하러 가겠다는 이야기도 몇 사람한테 들었다.

영웅으로서 환송을 받는 듯한 분위기였다. 나는 좀 부끄러워서 어떻게 반응하면 좋을지 모르는 상태로 교실에서 빠져나왔다.

그리고 집합 장소에 도착했는데…… 주위를 둘러본 나는 진심으로 '내가 엄청난 장소에 와버린 게 아닐까?' 하고 현실을 자각하게 되었다.

"와, 죄다 상급생들이네."

"그러게. 아니, 진짜로 우리 이외에 1학년은 사루가야 팀이랑 후나미 팀밖에 없지 않아?"

"……왠지 다들 반짝반짝 빛나는 것 같아."

"……응. 이거 너무 수준이 높지 않아? 저쪽은 여유가 있어 보이는데…….."

나와 토이로는 주위에 있는 출전자들의 분위기에 압도당하고 있었다.

커플 그랑프리인 이상 상급생이 많은 것은 자연의 섭리일 것이다. 같은 학교에서 지내는 시간이 길면 길수록 커플이 될 확률이 높아지는 게 당연하니까. 주위에 있는 팀들이 전부 다 진짜로 사귀는 커플인지는 알 수 없지만…….

그보다도 문제는 어제 1회전 때보다 확연히 커플들의 수준이 높아졌다는 점이었다.

건강한 스포츠 계열의 커플, 행복한 인싸 같은 미남 미녀 커플, 문과인 듯한 안경 쓴 남녀 커플 등 그 종류는 다양했지만, 모두 겉모습과 그에 따른 분위기, 행동, 미소 등 모든 면에서 연륜이 느껴지고 있었다.

"이거 왠지 격전이 벌어질 거란 예감이 드는데. 안 그래? 마사이치 나리."

어느새 옆으로 다가온 사루가야가 그렇게 말을 걸었다.

"너는 외모가 괜찮으니까 저기에 낄 수 있지 않아?"

객관적으로 볼 때 사루가야는 얼굴이 잘생겼고 키도 컸다. 운동을 해서 몸도 탄탄했다. 상급생들 사이에 끼어도 위화감은 없을 것이다.

"흐음? 설마 나를 칭찬해주실 줄은 몰랐네. 그러는 마사이치 나리야말로⋯⋯ 얼굴은, 완벽하게 선방한 것 같은데?"

친절한 빈말이구나. 끝으로 갈수록 급격히 기세가 줄어드는 것이 잘 느껴졌다.

"⋯⋯얼굴로 선방하는 게 뭔데? 피구냐?"

애초에 얼굴도 전혀 상대가 되지도 않았고, 특히 키도 큰 편이 아니고 몸도 말라서 종합적으로 본다면 승산이 하나도 없었다. 주위의 인싸 오라에 파묻혀 나의 존재가 말살돼버릴 것 같았다.

그런 생각을 하고 있는데 토이로가 팍! 하고 내 엉덩이를 때렸다.

"괜찮아, 어차피 커플 그랑프리는 어떤 대결 주제가 나올지 모르니까. 힘을 합쳐 열심히 해보자—."

파이팅—! 하고 손을 치켜드는 토이로.

어쩌면 나도 모르게 심각한 표정을 짓고 있었을지도 모

른다. 토이로의 밝은 음성에서는 나를 배려하는 마음이 느껴졌다.

"응. 이기자."

내가 그렇게 대답했을 때였다.

실행 위원들끼리 무슨 회의를 하고 있던 호시이즈미 선배가 어험 하고 헛기침을 하더니 앞으로 나섰다.

"안녕하세요. 여러분, 커플 그랑프리 2회전에 참가하기 위해 모여주셔서 감사합니다. 어젯밤에는 푹 주무셨나요?"

어제와 마찬가지로 침착한 호시이즈미 선배의 목소리가 주위에 울려 퍼졌다.

"오늘 남아 있는 커플은 열두 팀. 이 중에서 2회전을 통과해 살아남은 다섯 팀이, 폐회식 전에 체육관에서 열리는 결승전에 진출하게 됩니다."

주위의 공기가 술렁거렸다.

절반 이하인가. 단번에 확 줄어드는구나. 그런데 그다음이 결승전이란 것을 생각하면 타당한 숫자일 것이다.

작전을 성공시키기 위해서라도 어떻게든 거기까지 살아남아야 할 텐데…….

"자, 그럼 본선 2회전에서 여러분이 하실 경기는——."

나는 꿀꺽 침을 삼켰다. 모두가 진지하게 호시이즈미 선배의 다음 말에 귀를 기울였다.

호시이즈미 선배는 크게 숨을 들이마시더니.

"두근두근, 이심전심! 커플의 콤비네이션 플레이를 보여주자! 찰떡궁합 숨바꼭질 대결——."

그러더니 양손을 딱 붙여서 총으로 이쪽을 탕! 하고 쏘는 듯한 시늉을 했다.

"…………." "…………." "…………."

"어—, 그러니까 여러분은 숨바꼭질을 하시면 됩니다."

얼빠져서 제대로 반응을 못 하는 우리를 한 번 둘러보더니, 호시이즈미 선배는 평범하게 이야기를 시작했다.

요리 대결 때도 이러지 않았나? 급격한 캐릭터 변화. 누가 시킨 건가?

……아니, 잠깐만. 숨바꼭질이라고?!

"여자분들이 숨고 남자분들이 찾는 겁니다. 여자분들은 저희가 나눠드리는 커플 그랑프리 참가자용 손목 밴드를 손목에 잘 보이게 착용하시고, 교내 어딘가에 숨으시면 됩니다. 여자 화장실에 들어가거나 방 안에서 문을 잠그는 행위는 금지입니다. 그리고 남자분들은 숨어 있는 여자분들을 찾으시면 됩니다. 자신의 파트너를 제외한 나머지 여자분들을. 찾아내면 즉시 실행 위원에게 연락해주세요. 그래서 숨어 있는 여자분이 다섯 명만 남게 되면 교내 방송으로 알려드리겠습니다. 그 다섯 명의 여자분들과 파트너들이 결승전에 진출하게 됩니다."

뭔가 했더니…… 규칙은 좀 특수하지만, 실제로 하는 것은 진짜 숨바꼭질인가 보다.

"재미있겠다!" "숨바꼭질은 특기인데!" "난 무조건 끝까지 도망칠 거야!"

그런 참가자들의 목소리가 귀에 들어오는 가운데 나는 문득 뭔가가 마음에 걸려서 잠시 생각에 잠겼다.

정말로 이렇게 좀 특이한 숨바꼭질이, 이 고등학교의 베스트 커플을 결정하는 커플 그랑프리의 본선 게임이어도 되는 걸까?

1회전에 비하면 커플 요소가 전혀 없지 않나?

하지만 내 의문과는 상관없이 호시이즈미 선배는 계속해서 이야기를 진행했다.

"여자분들은 죄송하지만, 숨바꼭질 중에는 휴대폰을 실행 위원에게 맡겨주셔야 합니다. 책임지고 관리하겠습니다. 파트너와 연락을 취하는 부정행위를 막기 위해서입니다."

이쪽에서 회수하겠습니다! 하고 호시이즈미 선배 옆에 있는 실행 위원 남학생이 검은색 천 가방을 들어 올리면서 말했다. 손에는 꼼꼼하게도 흰 장갑을 끼고 있었다.

"이제 휴대폰을 맡기신 분부터 도망치시면 됩니다! 10분 후 남자 술래들이 여기서 출발합니다. 그 전에 절대로 들키지 않는 곳으로 가주세요. 도망쳐서 숨으세요. 그리고 파트너를 믿으세요. 자, 시작합니다!"

그 말을 듣고 여자들이 움직이기 시작했다.

어쩐지 재촉을 당하는 기분이었다. 누군가를 찾았을 때 터치할 필요는 있나? 숨을 장소의 금지 구역은? 등등, 아직 자세한 규칙에 관해 물어보고 싶은 것도 몇 가지 있었는데, 질문할 시간조차 없었다.

"마사이치! 믿을게!"

토이로가 실행 위원 쪽으로 다가가면서 이쪽을 돌아보고 씩 웃었다.

"으, 응. 너야말로 힘내, 믿을게!"

휴대폰을 실행 위원에게 맡긴 토이로는 나에게 손을 흔들면서 학교 건물 안으로 들어갔다. 마유코, 후나미도 그 뒤를 따랐다.

잠시 후 이곳은 커플 그랑프리답지 않게 온통 남자들밖에 없는 모습으로 변했다.

"──자, 그럼 규칙의 다음 내용을 설명하겠습니다."

나는 화들짝 놀라 그 목소리의 주인공을 돌아봤다.

호시이즈미 선배는 동요하는 남자들을 둘러보더니 가볍게 고개를 숙였다.

"아니, 다음 내용이란 표현은 좀 부적절할지도 모르겠네요. 지금부터 진짜 규칙을 설명해드리겠습니다."

진짜라고? 그렇다면 좀 전의 이야기는 거짓이야?

"여기 남아 계신 남자분들은, 지금 필사적으로 숨어 있는 자신의 파트너를 찾으러 가셔야 합니다. 자신의 파트너가 어디 숨어 있는지. 정말로 찰떡궁합인 커플이라면 금방 알 수 있을 테죠. 둘이 함께 이곳으로 돌아와 주세요. 선착순으로 다섯 팀만 결승전에 진출합니다.”

상상도 못 한 전개였다. 나는 그저 입을 벌린 채 호시이즈미 선배의 설명을 듣고 있었다.

여자들은——토이로는 지금 술래인 남자들에게 들키지 않으려고 최선을 다해 숨어 있을 것이다. 그런데 그것은 실행 위원이 고안한 이 게임의 기본적인 준비에 불과했다. 우리는 지금부터 자신과 함께 지냈던 파트너의 행동을 추측하면서 그 여자들이 있는 곳을 찾아야 한다.

“금지 사항은 두 가지. 친구나 협력자와 함께 인해전술로 여자 친구를 찾는 것은 금지입니다. 주변 사람들에게 혹시 여자 친구를 봤냐고 물어보는 정도는 괜찮습니다. 그리고 큰 소리로 파트너의 이름을 부르면서 찾아다니는 것은 금지입니다. 교내를 순찰하는 실행 위원이 이런 행위를 발견한다면, 그 남자분의 커플은 반칙패로 처리할 겁니다. 아, 그리고 건물 안에서는 뛰지 마시고 빠르게 걸으세요.”

호시이즈미 선배는 손안에 있는 휴대폰을 힐끗 확인했다. 아마도 여자들이 출발한 지 얼마나 지났는지 확인한 것이리라. 이어서 숨을 들이마시더니.

“자, 이것이야말로 진짜 서로 사랑하는 연인의 숨바꼭질! 여러분은 기사입니다. 겁먹고 숨어 있는 공주님을 한

시라도 빨리 구출해주세요! 그럼 준비—, 시—작!"

우리는 파트너를 찾으러 일제히 뛰어가기 시작했다.

*

나는 홀로 머리를 싸쥐고 싶은 심정이었다.

이심전심, 서로 사랑하는 커플의 콤비네이션 플레이라고? 그래, 그런데 서로 잘 이해하고 있기 때문에 알게 되는 것이 있었다. 싫어도 알 수밖에 없는 것이다.

토이로가 숨바꼭질에서 숨는 것을 엄청나게 잘한다는 사실을…….

교내를 이리저리 돌아다니던 나는 멈춰 서서 엄지와 검지로 미간을 꾹 눌렀다.

어린 시절에는 우리 집과 토이로의 집(마당 포함)이라는 범위 내에서 숨바꼭질을 종종 했었다. 그런데 그 좁은 범위 내에서도 토이로는 전혀 발견되지 않았다. 아니, 그런 애들 장난을 할 때조차도 그 녀석은 진심으로 숨었다. 벽장의 가장 안쪽에 있는 이불 사이에 숨는 것은 기본. 마루 밑, 천장 위에 숨는 것은 물론이고 때로는 베란다를 통해 지붕 위로 올라가기도 하고, 심지어 뒷마당의 쓰레기통에 들어가 무슨 수를 썼는지 그 위에 낙엽을 덮어놓기도 했다.

딱 잘라 말하자면 이거다. 토이로의 실력과, 이 교내라는 넓은 필드가 합쳐진다면 내 머릿속에 떠오르는 것은 단 두 글자. '절망'이었다.

"……아니, 그런 생각은 그만하고 열심히 찾아봐야지."

학교 축제는 둘째 날도 성황이었다. 교내에는 학생들과 방문객들이 우글거렸다. 그리고 교내 방송의 경우에는 각 학급이 준비한 이벤트 소개 타임으로서 학생들이 자유롭게 발언할 수 있게 되어 있었으므로, 그쪽도 시끌벅적 소란스러웠다.

사람을 숨기려면 사람 속에 숨겨라? 아니, 나와는 달리 토이로는 지명도가 있다. 목격 정보로 들킬 위험은 피하려고 했을 것이다.

혼자 있을 수 있는 장소……. 옥상? 그렇게 아무나 떠올릴 수 있는 장소에는 안 갈 것이다. 그럼 빈 교실의 사물함 속……? 아니다. 사물함도 누군가가 열고 다니지 않으리란 보장은 없다. 누가 우연히 떠올린 순간 게임 오버가 되는 선택지. 토이로는 틀림없이 그런 것을 선택하지 않을 것이다.

……젠장. 생각해라. 둘이서 숨바꼭질을 했던 경험이라면, 분명히 다른 커플과는 비교도 안 될 정도로 많을 것이다.

내가 그렇게 비틀비틀 복도를 걸어 다니면서 토이로의 행동 패턴을 어떻게든 예측해보려고 애쓰고 있을 때였다.

"마사이치 나리이."

등 뒤에서 사루가야가 나와 마찬가지로 지친 발걸음으로 다가왔다.

"애먹고 있나 보네."

"마유코는 대체 어디에 숨은 걸까? 숨바꼭질은 어릴 때부터 했으니까 특기야! 하고 의욕이 넘쳤으니까 말이지……."

아……. 그러고 보니 마유코는 어린 시절에 주로 남자애들하고 놀았다고 했었다. 그 과정에서 축적된 경험과 기술, 그리고 작은 몸집을 이용해 어딘가에 숨어 있을 것이다. 사루가야도 나처럼 숨바꼭질의 달인이 파트너인 모양이다.

"마사이치 나리도 표정이 상당히 힘들어 보이는데?"

"뭐, 그렇지……. 아무튼 움직이는 동안에도 머리는 쓸 수 있으니까. 일단 닥치는 대로 찾아다니면서 토이로의 행방을 추리해보려고."

"나, 나도 그래야겠다! 이런 데서 수다나 떨면 안 되지."

그런 대화를 나누면서 우리 둘은 앞을 쳐다봤다.

──그런데 이게 무슨 우연일까.

그때 마침 우리는 목격하고 말았다.

3층에서 계단으로 내려온 카스카베와 후나미가 2층 복도를 잠깐 지나쳐서 1층으로 가는 계단으로 향하는 모습을──.

나와 사루가야는 놀란 표정으로 서로 얼굴을 마주 봤다. 그리고 즉시 카스카베와 후나미를 향해 뛰어갔다.

"너, 너희들, 벌써 만났어?!"

내 목소리를 듣고 두 사람은 뒤를 돌아봤다.

"아, 너였냐. 응. 우리는 먼저 가서 쉬고 있을게. 그런데 이건 전부 다 카에데 덕분이야."

그러더니 카스카베는 힐끗 후나미를 봤다.

"전부 다 후나미 덕분이라고?"

여자들은 먼저 숨으러 갔으므로 진짜 규칙의 설명은 듣지 못했다. 그런 조건하에서 후나미가 도대체 무엇을 했다는 걸까?

나와 사루가야의 회의적인 시선을 느낀 후나미는 좀 거북하다는 듯이 얼굴을 반대쪽으로 돌렸다.

"아니, 내 덕분이라니……. 그냥 우연히 실수했는데, 다행히 그 결과가 좋았을 뿐이야."

"그게 무슨 소리야?"

뭔가 이 변칙적인 숨바꼭질을 공략할 힌트가 되지 않을까? 하고 나는 물어봤다.

"어…… 실은 우연히 술래인 3학년 남자 선배랑 딱 마주쳤거든. 그런데 그 사람은 내 얼굴을 보고 손목 밴드를 보더니…… 그런데도 나를 무시하고 어디론가 가버렸어. 왠지 서두르는 것처럼. 그래서 이상하다고 생각한 나는 적당히 숨으면서도 술래인 남자를 찾아 이동했어. 그러다가 한 명 더 찾아냈지. 참가자 중에서 얼굴을 기억하고 있는 2학년 선배였어. 그래서 그 사람을 지켜봤는데…… 그는 같은 학년 친구들한테 자기 여자 친구가 어디 있는지 모르느냐고 물어보고 다니고 있었어. 역시 이건 이상하잖아? 그렇게 생각해서, 나는 카스카베를 찾으러 가기로 한 거야."

그렇구나. 사소한 사고를 계기로 이 게임에 의문을 느끼고, 그것을 확인하려고 움직였다는 건가. 역시 후나미는 대단한 것 같다.

"카에데는 이 숨바꼭질의 본질을 알아내서 얼른 나를 데리러 와줬어. 덕분에 살았어. 정말로."

"아, 아냐, 별것도 아닌데 뭘."

카스카베의 말을 들은 후나미는 묘하게 쑥스러워하는 것처럼 양손을 앞으로 들어 파닥파닥 흔들었다. 시작은 우연한 실수였지만 결과가 너무나 훌륭했다.

토이로도 상황을 눈치채주면 좋을 텐데…….

그나저나 이 두 사람이 성공함으로써 결승 진출자의 자리 하나가 사라졌다. 남은 자리는 네 개. 아니, 벌써 줄어들었을지도 모른다.

"……그래. 알았어. 고마워. 좀 바빠서 이만 가볼게."

나는 그렇게 말하고 몸을 돌렸다. 점점 초조함이 심해졌다.

등 뒤에서 "오늘 싸움은 내가 이긴 건가?" 하고 재미있어하는 듯한 소리가 들려왔다. 그 한마디에 대해서는 나도 허세 부리듯이 가볍게 손을 흔들어줬다.

운동장, 안뜰, 뒤뜰, 체육관 뒤. 어디를 찾아봐도 발견되지 않았다. 화단의 수풀 속, 누가 앉아 있는 벤치 밑, 심지어 쓰레기장 앞까지. 하나씩 확인해봤지만, 토이로의 모습은 보이지 않았다.

도중에 손목 밴드를 차고 있는 다른 커플의 여학생을 발견했지만, 그쪽에 신경 쓸 여유는 없었다. 그때 상대가 '어라?' 하는 표정을 지었던 것이 마음에 걸렸다. 그 사람이 진짜 규칙을 눈치채지 말아야 할 텐데. ……이제 몇 자리나 남았을까.

게임이 개시된 지 20분이 지났다. 게임 종료를 알리는 교내 방송은 아직 들리지 않았다. 일단 전력질주로 이동하면서 의심 가는 장소들을 체크……했지만, 체력도 슬슬 한계에 다다랐다. 평소에 운동은 거의 안 하니까.

아마도 여기가 아닐까? 하고 점찍어둔 운동장의 비품 창고에 도착했다. 그러나 축구공 바구니 뒤에도, 허들 뒤편의 어두운 곳에도, 낡은 체조 매트 틈새에도 토이로는 없었다.

비틀비틀 창고에서 빠져나온 나는 그 자리에서 힘없이

무릎을 짚었다.

　이제는 못 찾는 게 아닐까…….

　옛날에 둘이서 숨바꼭질을 했을 때도 토이로가 끝까지 발견되지 않아서 내가 지는 경우가 자주 있었다. 너무 심하게 안 보여서 내가 잠시 포기하고 내버려 둬도 토이로는 결코 자진해서 나타나진 않았다.

　지기 싫어하는 나는 언제나 "야, 간식 먹을 시간이야—!" 하고 말을 걸었다. 내가 큰 소리로 그렇게 부르면, 토이로는 의기양양한 미소를 지으면서 어딘가에서 불쑥 나타났다.

　어린 시절에 둘이서 놀았던 기억이 점점 되살아났다.

　그때 나는 문득 뭔가를 깨달았다. 그 자리에서 고개를 들었다.

　──어? 잠깐만.

　이 방법을 쓰면 토이로와 연락을 할 수 있지 않을까? 휴대폰도 없이 어딘가에 몰래 숨어 있는 토이로에게, 내가 신호를 보내는 방법.

　나는 황급히 뛰기 시작했다. 시간이 없었다. 한시라도 빨리 도착해야 한다.

　운동장을 가로질러 승강구로. 복도를 지나쳐 계단으로 뛰어갔다.

　──그래, 한번은 그런 일도 있었지. 숨바꼭질하다가 도저히 못 찾겠다 싶어서, 간식이 없는데도 그 대사를 읊어

서 토이로를 불러냈다가 엄청나게 혼난 적이 있었을 거다.

이번에는 긴급사태다. 아마 용서해주겠지……?

그런 생각을 하면서 나는 마침내 도착한 방송실의 문을 열었다. 학급 이벤트를 홍보하러 왔다고 말하고 마이크 앞으로 안내를 받았다.

나는 숨을 한번 들이마셨다.

『간식 먹을 시간입니다! 1학년 1반에서 간식을 먹지 않을래요? 그와 동시에 기누스 기록——메이호쿠 기누스에도 도전할 수 있습니다. 마시멜로 캐치, 탄산음료 빨리 마시기! 자, 간식 시간입니다! 여러분, 1학년 1반 교실에서 기다릴게요.』

☆

어린 시절부터 마사이치와는 여러 가지 경기를 했는데, 그중에서 숨바꼭질은 드물게도 내가 더 많이 이겼던 경기가 아닐까.

분하다는 듯이 부루퉁한 얼굴로 두리번거리면서 나를 찾아다니는 마사이치. 그때 나는 벽과 벽 사이나 작은 지퍼 틈새로 그 얼굴을 몰래 훔쳐보면서 필사적으로 웃음을 참았었지. 그것은 좋은 추억이었다.

그런데 마사이치는 죽어도 "내가 졌어"라고는 말을 안 했단 말이지ᅳ. 간식 시간이야ᅳ라고 했다니까. 지기 싫어하는 성격이니까. 나는 그 한마디를 항복 신호로 받아들이고 매번 그 앞에 나타났었다.

ᅳᅳ방금 그거. 마사이치 목소리였지?

이번에 그 항복 신호는 교내 방송의 스피커를 통해 들려왔다.

나는 화학 준비실의 캐비닛 맨 아래 칸에 숨어 있었다. 여기는 오른쪽 문이 망가져서 열리지 않는다. 그러니까 왼쪽 문만 안에서 막대기 같은 것으로 막아놓으면 문이 양쪽 다 열리지 않으니까 마치 문이 잠긴 것처럼 위장할 수 있다.

예전에 이 장소를 발견했을 때부터 '만약에 테러리스트가 학교를 점거한다면 여기 숨어서 반격의 기회를 노려야지'라는 식으로 망상을 했었다.

그렇게 문틈으로 한 줄기 가느다란 빛만 들어오는 어두운 공간에서 나는 그 교내 방송을 들은 것이다.

……이상하다. 아직 커플 그랑프리 숨바꼭질은 끝나지 않았을 텐데. 그러니까 여기서 나가면 안 되는데…….

하지만 간식 시간이라는 것은 숨바꼭질이 끝났다는 뜻

이다. 마사이치가 그렇게 말했다면 그런 것이다.

틀림없이 무슨 의미가 있을 거다. 마사이치를 믿을 수밖에 없다.

나는 문을 막는 막대기로 삼았던 칠판용 긴 자를 치웠다. 그리고 캐비닛의 어둠 속에서 뛰쳐나왔다. 눈 부신 빛 때문에 눈을 가늘게 뜨면서도 복도로 달려갔다. 1학년 1반 교실을 향해.

인파를 헤치고 남쪽 건물로 갔다. 계단을 4층까지 뛰어 올라갔다. 우리 반 교실이 보이기 시작했다.

"——마사이치!"

교실 문 앞에서 점프하면서 손을 흔들고 있는 마사이치의 모습을 발견하고 나는 큰 소리로 이름을 불렀다. 그러자 그도 이쪽으로 다가오는——것 같더니.

"토이로, 가자!"

갑자기 내 손을 붙잡으면서 마사이치는 반대 방향으로 복도를 뛰어가기 시작했다.

"아, 아니, 왜 그래?!"

"이 숨바꼭질은 진짜 규칙이 따로 있어!"

나는 뛰면서 마사이치의 간단한 사정 설명을 들었다. 그가 서두르는 이유를 이해했다.

"승강구까지는 2층을 통해 이동하는 게 좋아! 거기는 교무실 같은 게 있는 층이라서 이벤트가 없으니까, 사람이 별로 없어."

학교 건물 4층에서 계단을 뛰어 내려가면서 나는 그렇게 말했다.

"그렇구나!"

마사이치는 계단을 두 개씩 성큼성큼 밟았고, 나는 한 개씩 빠르게 밟았다. 그래도 손은 여전히 맞잡고 있었다.

마사이치가 가볍게 나를 당기는 듯한 거리감으로——우리 두 사람의 최고 속도를 유지하면서 2층까지 내려갔다. 복도로 미끄러지듯이 들어가자마자 똑바로 달렸다.

"이봐, 너희들! 복도에서 뛰지 마!"

그러다가 때마침 교무실에서 나온 체육 교사한테 혼났다. 그래도 우리는 멈추지 않았다.

복도에서 뛰지 마라. 그렇게 만화의 한 장면처럼 혼난 것은 처음이었다.

뛰면서 나는 왠지 모르게 즐거워졌다. 무심코 웃음을 터뜨렸다.

1층으로 내려가서 승강구를 빠져나가 교문으로. 약 30분 전에 집합했던 숨바꼭질의 시작 지점으로 향했다. 호시이즈미 선배와 다른 실행 위원들 주위에는, 카스카베와 카에데를 포함한 네 쌍의 커플들이 있었다. 마유와 사루가야의 모습은…… 없구나.

"오셨네요. 고생하셨습니다. 마지막 결승 진출 커플은

당신들입니다. 축하해요."

나는 무의식중에 마사이치의 양손을 꽉 잡았다.

"다행이다! 해냈다, 해냈어!"

"응, 응."

마사이치도 흥분한 것처럼 몇 번이나 나를 보고 고개를 끄덕거렸다. 주위에서는 실행 위원들이 박수를 쳐주고 있었다.

결승 진출자한테는 따로 설명해줄 것이 있는 모양이다. 그래서 잠시 대기하게 되었다. 그동안에도 우리는 계속 흥분을 감추지 못했다.

"마사이치, 너 용케 그런 것을 생각해냈구나."

"토이로, 너야말로 잘도 눈치챘어."

"역시 우리는 최강 커플이지?!"

"응! 아, 물론 '임시'지만."

마사이치는 평소처럼 말하면서 웃었다.

평소 같으면 웃거나 삐치는 식으로 반응했을 것이다.

그러나 나는 반사적으로 앗 하고 놀란 표정을 지었다. 마사이치도 덩달아 뭔가 깨달은 듯한 표정으로 변했다.

그렇다. '임시'인 것이다.

그 사실을 잊고 있었다. 전혀 신경 쓰지 않았다. 자연스럽게 진짜 커플이 된 듯한 감각이었다. 언제부터인가 그것이 일상이 된 것이다.

임시라는 사실이 어느새 머릿속에서 사라져버린 것을 깨닫고 깜짝 놀랐다. 아마 마사이치도 그럴 것이다.

눈치채지 못한 사이에 그 관계는 변하지 않았어도, 두 사람의 마음은 진전되고 있었던 걸지도 모른다. 진짜 연인 작업 같은 것도 아니고, 작업이고 뭐고 할 것도 없이 의식조차 못 했던 부분에서.

그것을 새삼스레 느끼고 나는 깊은 감개에 젖었다──.

커플 그랑프리 결승전은 폐회식 전에 체육관에 관객들을 모아놓고 무대 심사 형태로 이루어진다고 한다.

그 이름은 바로 '사랑의 커플 패션쇼'.

제비뽑기로 정한 순서대로 사복을 입고 무대에 올라, 거기서 마이크를 들고 코멘트를 해야 하는 모양이다. 그리하여 대회장——관객이 가장 열광한 커플이 우승한다.

어제부터 들었는데 그 사복 코디의 주제는 '두 사람의 최고의 데이트'였다.

토이로가 제비를 뽑아줘서 우리는 네 번째로 정해졌다. 참고로 다섯 번째인 마지막 타자는 카스카베와 후나미였다.

"그럼 결승전은 16시부터 시작됩니다. 15시 30분까지 체육관 무대 옆의 대기실로 모여주세요."

호시이즈미 선배의 그 말을 끝으로, 숨바꼭질을 마친 결승 진출 커플들은 일시적으로 해산하게 되었다.

우리는 음식 부스에서 점심밥을 사서 먹으면서 의논을 했다.

"작전. 결행할 수 있겠다, 그렇지?"

"그래. 예정대로야."

오믈렛 볶음면을 나무젓가락으로 집어 먹으면서 나는

그렇게 동의했다.

어찌어찌 여기까지 살아남았다. 이제는 어젯밤에 의논해서 세운 계획을 실행하기만 하면 된다.

"그런데······."

옆에서 토이로가 조그맣게 중얼거렸다. 소시지를 입에 문 채, 입의 움직임을 멈추고 멍하니 무슨 생각에 잠긴 것처럼 바닥을 바라보고 있었다.

"······조금, 아까운 느낌도 들어."

토이로의 그 말이 무슨 뜻인지 나는 이해했다. 그것은 가능한 한 생각하지 않으려고 했는데······.

"······오늘은 어쩔 수 없지."

"응. 맞아."

토이로는 남아 있던 소시지를 한꺼번에 입에 쏙 집어넣더니 쓰레기를 모아서 일어났다. 이어서 끄으응 하고 가슴을 쫙 펴고 기지개를 켰다.

"오후에는 따로 움직이자. 결승전이 시작될 때까지는 내 친구들이랑 카에데와 같이 있을 거야."

"그래. 잘 부탁한다."

내 대답을 듣고 자신만만하게 엄지를 세우는 토이로.

나는 고개를 끄덕였다. 그리고 무심코 하늘을 우러러봤다.

끝없이 높고 푸른 하늘.

준비 기간까지 포함해서 이래저래 길었던 학교 축제도 이제 슬슬 끝나가는구나. 문득 그런 감상을 느꼈다.

☆

"카에데는 어떤 느낌으로 할까?" 하고 우라라가 말했다.

"자연스러운 느낌이 좋지 않을까. 데이트잖아."

"하지만 눈에 띄지 않으면 애초에 경쟁력이 없을 것 같기도 하잖아?"

우라라는 턱에 손가락을 대고 살짝 고개를 모로 기울였다.

"카에데는 원래 인물이 잘났으니까. 틀림없이 앞에 서기만 해도 저절로 남들의 주목을 받을 거야. 그러니까 이번에는 주제에 맞게 하면 되지 않을까?"

내가 그렇게 말하자 우라라는 "그렇구나. 하긴, 토이로의 말이 맞을지도 몰라" 하고 고개를 끄덕이더니 달칵! 하고 고데기의 전원을 켰다.

"아무튼 내 몫까지 열심히 해줘!"

마유가 힘차게 주먹을 치켜들면서 응원을 했다.

"저기, 그런데. 내가 스스로 할 수 있거든……?"

앞을 향해 의자에 앉아 있던 카에데가 갑자기 그런 말을 중얼거리면서 돌아봤다.

커플 그랑프리 결승전이 시작되기 한 시간 전. 우리는 늘

같이 노는 멤버들끼리 모여서 빈 교실을 차지하고 있었다.

우리 그룹 중에서 두 명이나 결승전에 진출했다. 이 여세를 몰아 우승까지 거머쥐기 위해서 작전 회의를 하는 중이었다.

"헤어 스타일링은 나한테 맡겨. 남의 머리를 만져주는 게 내 특기라는 것은 알잖아? 사진도 찍힐 테니까 예쁘게 해야지. 아, 의상은 정해놨어?"

우라라는 카에데의 머리를 양손으로 잡아 다시 정면으로 돌려놓으면서 그렇게 물어봤다. 그리고 매끄러운 검은색 뒷머리를 가볍게 손으로 빗겨줬다.

"의상은, 글쎄, 일단 카스카베가 무슨 생각이 있는 것 같았으니까……."

카에데의 대답을 들은 마유는 고개를 끄덕거렸다.

"응, 그렇구나. 그럼 이제는 매력 어필 타임에 무슨 이야기를 할지 정하면 되겠네! 토이롱, 넌 이미 생각해놨어?"

"으음—, 그냥 적당히 하려고. 미리 생각해봤자 그때는 당황해서 제대로 말하지도 못할 것 같아."

나는 그냥 현장의 분위기에 맞춰 즉흥적으로 말하고 넘어갈 생각이었다. 그보다도 지금은 카에데가 중요했다.

"뭔가 두 사람이 얼마나 사이가 좋은지 어필할 수 있는 에피소드가 있으면 좋을 텐데—. 카에데가 저번에 말했던 그 이야기는 어떨까? 여름방학 내내 같이 있었다는 거.

아, 하지만 관객들을 열광하게 만들어야 하니까…….”

나는 그렇게 말을 하면서 어떻게든 아이디어를 짜내려고 했다.

“재미있는 이야기로 관객을 웃기자는 거야?” 하고 마유가 말했다.

“아니, 카에데는 그런 쪽은 아닌 것 같아. 좀 더 미남 미녀 커플이란 점을 강조해야 한다고 생각해.”

“그러게. 압도적인 반짝반짝 오라로 밀고 나가는 느낌이지. 괜찮아, 카스카베 커플의 미모라면 문제없어!”

“응. 틀림없이 성공할 거야!”

나와 마유가 그렇게 이야기하고 있을 때였다.

우라라에게 머리카락을 맡기고 있던 카에데가 또다시 이쪽을 돌아봤다. 그리고 나를 지그시 쳐다보면서 입을 열었다.

“……저기, 토이로. ……혹시 나를 이기게 해주려고 하는 거야?”

나도 모르게 뜨끔! 하는 반응을 보이고 말았다.

“아, 아니…….”

“1등으로, 만들어주려고 하는 거야?”

우라라와 마유가 나와 카에데의 얼굴을 번갈아 바라봤다.

맨 처음 반응이 좋지 않았다. 노골적으로 동요했으니까 이제는 변명의 여지가 없었다.

승리를, 양보한다.

나와 마사이치가 세운 작전은 바로 그것이었다. 카스카베가 1등에 집착하고 있다면, 카에데를 명실공히 진짜 교내에서 1등인 여자로 만들면 된다.

우리는 커플 그랑프리의 결승전까지 살아남아서 끝까지 카에데와 카스카베를 몰래 도와준다. 그리고 자기들은 적당히 패퇴해서 카에데가 1등을 하게 만든다.

또 하나의 목표——나와 마사이치가 사귄다는 사실을 전교생 앞에서 선언한다는 목표는, 꼭 우승하지 않아도 커플 그랑프리 결승 무대에 서면 거의 달성하는 거나 마찬가지다. 그러니까 이제 카에데와 카스카베의 사이가 가까워진다면, 그로써 우리의 커플 그랑프리 미션은 다 클리어되는 셈이다.

그렇게 생각을 했는데.

"하지 마. 그런 것은 의미가 없어."

카에데가 내 눈을 보면서 고개를 옆으로 흔들었다. 그리고 말을 이었다.

"진정한 의미에서 1등이 되어야지. 게다가 나는 지지 않을 거야."

그러더니 가볍게 입꼬리를 끌어올렸다.

그 호전적인 미소를 보고 나는 헉 하고 깨달았다.

——이건 분명히 내가 잘못한 거다. 적당히 양보를 받은

1등으로 카스카베를 속이고 카에데의 자존심에도 상처를 주는 이런 행위는, 상식적으로 볼 때 하면 안 되는 짓이었다.

카에데는 강하다. 또 여자로서의 소질은 처음부터 1등에 걸맞을 정도로 훌륭했다. 더구나 지금 카에데는 자기 자신을 믿고, 동경하는 것을 쟁취하려 하고 있었다.

"미안해."

그런 카에데의 마음을 존중해야 한다. 최선을 다해 싸워야 한다.

나는 작은 목소리로 사과했다. 그리고 곧바로 히죽 웃으며 대꾸했다.

"그런데 진짜 사랑 파워는 우리가 더 강하거든?!"

"서로 사랑한다는 점에서는 우리도 지지 않아!"

우리는 웃음기 어린 시선을 교환했다. 그리고 "좋아, 파이팅!" 하고 하이파이브를 했다.

우라라와 마유가 보기에는, 아마도 흔치 않은 조합인 두 사람의 이해할 수 없는 대화처럼 느껴졌을 것이다. 두 사람은 얼빠진 표정이었다. 우리 둘은 그동안 같은 그룹에 있어도 별로 직접적으로 얽힌 적은 없으니까—.

나는 친구들에게 말했다.

"미안. 나 잠깐 나갔다 올게."

"어, 어디 가는데? 머리는?" 하고 우라라가 말했다.

"잠깐 남자 친구랑 작전 회의를 하고 올게! 내 머리는 카에데 다음에 만져줘! 우리의 테마는 그때 알려드리겠습니다!"

나는 복도로 나오자마자 얼른 마사이치에게 전화를 걸었다. 조급한 마음을 가라앉히려고 휴 하고 숨을 쉬는데 전화가 연결됐다.

"있잖아, 마사이치. 아까 내가 말했던 거 기억해? 조금 아까운 느낌이 든다고 했잖아."

『……응. 커플 그랑프리 말이지?』

"그래! 누가 뭐래도 우리는 지는 것을 싫어하잖아? 아깝다기보다는 뭔가 좀, 싸움을 피해 도망치는 것은 싫지 않아?"

『그러게. 정확히 그런 기분이었어.』

나는 홀로 후훗 하고 웃었다.

"마사이치. 작전 변경이야! 네가 좀 가져왔으면 하는 것이 있는데…… 시간 내에 올 수 있을까?"

*

나는 사루가야의 통학용 자전거를 빌려 타고 집으로 전력 질주를 하고 있었다.

커플 그랑프리 결승전까지는 이제 거의 한 시간밖에 안

남았다. 우리의 준비 시간까지 고려한다면, 토이로가 제비뽑기로 뒤쪽의 번호를 뽑아준 것이 다행이었다.

이토록 다급하게 가지러 갈 정도로 꼭 필요한 물건이 있었다.

집에 도착하자마자 잠긴 문을 열고 현관으로 뛰어 들어갔다. 거실에는 불이 켜져 있지 않았다. 부모님과 누나는 전부 다 외출 중인 듯했다. 나는 계단을 뛰어 올라가서 내 방을 지나쳐 세리나 누나의 방으로 돌격했다. 그리고 주위를 한 번 둘러봤는데……

"어느 거야?"

원하는 물건이 보이지 않았다. ……방이 왜 이렇게 지저분해?

무턱대고 방을 뒤지느라 시간을 낭비하고 싶진 않았다. 그리고 너무 심하게 방을 어질렀다가 혼나기도 싫었다. 그래서 나는 세리나에게 전화를 걸기로 했다.

세리나가 전화가 온 것을 눈치채지 못할 가능성도 있고, 또 눈치챘어도 귀찮아서 안 받을 가능성도 있었다. 그러나 그날은 운 좋게도 누나의 기분도 좋은 것 같았다.

『야, 너 지금 어디야?』

귓가에 누나의 낮은 목소리가 울려 퍼졌다. 조금 들뜬 목소리였다. 그리고 뭔가 시끌시끌한 잡음이 배경음처럼 들려왔다.

"나 지금 집인데."

『뭐? 너 학교 축제는 어쩌고? 나 이제 막 구경하러 왔는데.』

"뭐?!"

구경하러 왔다고? 아니 뭐, 그래, 분명히 얼마 전에 추억을 되살리고 싶으니 놀러 가겠다고 말한 것 같기도 하지만.

누나가 커플 그랑프리 결승전을 보러 오는 건가……. 순식간에 마음이 무거워졌다.

『뭐 하는 거야. 무단 조퇴냐?』

세리나의 의심하는 듯한 목소리가 들려왔다.

앗, 위험하다. 이런 데서 시간을 낭비할 여유는 없는데. 나는 급히 본론으로 들어갔다.

"내가 사정이 좀 있어서 옷을 가지러 집에 왔거든. 저번에 누나가 우리를 위해서 새 실내복을 사왔다고 하지 않았어? 그거 어디 있어?"

『뭐? 아니, 그건 너말고 토로한테 주려고 보관하고 있는데.』

"내가 토이로한테 전해줄게."

『아냐, 싫어. 너한테 줘봤자 넌 고마워하지도 않잖아. 난 토로가 기뻐하는 얼굴을 보고 싶단 말이야.』

세리나는 어디까지나 우리가 아니라 토이로만을 위해서,

남자 친구와 한 세트인 커플룩을 준비해준 것 같았다.

하지만 여기서 내가 쉽게 포기할 수는 없었다.

"오늘 둘이서 그 옷을 입고 싶어."

『……왜?』

"둘이서 그걸 입고 무대에 올라가기로 했거든."

커플 그랑프리 결승 시간에는 많은 사람이 체육관으로 이동할 것이다. 그러니 누나한테도 어차피 들킬 것이다. 그래서 우리가 무슨 짓을 하려고 하는지 미리 다 털어놓기로 했다.

『실내복을 입고?』

"패션쇼 같은 것을 한다는데, 그 주제가 '두 사람의 최고의 데이트'거든."

최고의 데이트. 그 주제에 대해 우리가 내놓은 답은 당연히 '집 데이트'였다. 집에서 편하게 빈둥빈둥 둘이서 좋아하는 일을 하면서 보내는 시간이야말로 지고의 시간이니까.

잠시 침묵이 흘렀다. 그 후 수화기에서 커다란 웃음소리가 들려왔다.

『아하하! 하기야 너희들은 항상 집에서 놀고 있으니까. 아니 그런데, 너 그런 이벤트에 나가는 거야?』

"……응."

『진짜? 미쳤나. 알았어, 기대할게—.』

크윽. 틀림없이 나중에 놀림당할 것이다.

"오지 마. 안 와도 돼. 아무튼 옷은 어디 있는데?"

『어, 그게 아마도 거실 소파 옆에다 그냥 놔뒀던가……?』

"거실이구나!"

나는 즉시 방에서 뛰쳐나갔다. 『어이구 좋겠다, 청춘을 즐기고 계시네?』라는 세리나의 느긋한 소리를 듣고 얼굴을 찌푸리면서 계단을 뛰어 내려갔다.

"참, 저번에 말했던 전설인지 뭔지는 생각났어?"

『전설?』

"까먹었냐! 그거 있잖아, 커플끼리 하는 메이호쿠 고등학교의 전설인지 뭔지가 있다고…….."

『아 맞다! 그래! 말했었지! 그런데 그게 뭐더라…….』

"기억이 안 났나 보네."

『으응——……. 분명히 뭔가 후야제에서 어쩌고저쩌고하는 내용이었던 것 같기도 한데……. 같이 온 친구한테 물어볼게.』

"뭐? 아냐, 굳이 물어볼 필요는 없어."

후야제인가. 그러고 보니 학교 축제가 끝나면 밤까지 운동장에 모여서 뭔가를 한다는 이야기는 들었는데, 자세한 내용은 나도 모른다.

그런 이야기를 하는 도중에 거실에 도착했다. 나는 이거다! 싶은 쇼핑백을 발견해 열어봤다. 그 안에는 유명 스포츠 브랜드의 로고가 새겨진 남색 트레이닝복이 상하의 세트로 두 벌 들어 있었다.

"찾았다. 이 트레이닝복이지?"

『그래, 그거야! 꽤 괜찮지? 그 정도면 좀 멋있어 보이지 않겠어? 그렇게 보풀투성이인 트레이닝복을 입고 나갈 수는 없잖아.』

"응. ……고마워."

『그 인사는 토이로한테서 듣고 싶었는데. 뭐, 됐어. 힘내.』

세리나와 통화를 마쳤다. 그리고 다시 한번 손안에 있는 트레이닝복으로 시선을 떨어뜨렸다.

──실은 교복을 입고 무대에 오를 예정이었다.

다른 참가자들은 주제에 맞는 사복 차림을 보여주고 있는데 우리는 일부러 교복을 입은 채 올라가서, 감점 대상이 되어 카스카베와 후나미 페어에게 유리한 상황을 만들어줄 생각이었다. 그러나 토이로가 나에게 전화해서 그 작전은 중지한다고 했다. 이제 우리는 진심으로 커플 그랑프리 결승전에 임하기로 했다.

우리의 최고의 데이트.

그것은 두말할 필요도 없이 집 데이트다. 옷도 편안한 실내복. 그것이 임팩트를 줄 수 있을 것 같아서 괜찮아 보였다.

그래서 '실내복을 입어도 멋진 커플의 집 데이트'를 연출하기 위해 나는 세리나가 사준 커플 트레이닝복을 가지러 집까지 온 것이었다.

"……뭐, 사실 정말로 편안한 옷은, 평소에 늘 입고 있는 트레이닝복이지만——."

나는 그렇게 혼잣말을 중얼거렸다.

낡아빠진 옷을 입어도 서로 신경 쓰지 않는다. 그런 관계가 편해서 좋았다.

오늘의 무대는 단지 두 사람의 데이트를 '연출하는 것'이다.

평소의 트레이닝복 차림——진짜 최고의 데이트는, 앞으로도 우리 둘만의 비밀일 것이다.

나는 잠시 그런 생각을 하고 있었다.

*

자전거 페달을 전속력으로 밟아 학교로 돌아왔다. 자전거 주차장으로 미끄러져 들어간 뒤 거기서부터 체육관까지 달렸다.

호흡은 어느새 숨을 두 번 마시고 두 번 내쉬는 장거리 달리기 호흡으로 변해 있었다. 마시는 공기가 차가웠고 폐가 아팠다. 오랜만에 격렬한 운동을 하고 있었다. 내일은 100% 근육통이 생길 거다…….

체육관 무대는 2층에 있으므로, 1층 입구로 들어가 계단을 올라갈 필요가 있었다. 나는 그 정문을 그냥 지나쳐서 체육관 뒤까지 빙글 돌아 들어갔다. 그곳에는 녹슨 철판으로 된 좁은 계단이 있었다. 무대 옆 아래쪽에 있는 작은 창고와 직접 연결된 계단이었다.

나는 탕탕탕 계단을 뛰어 올라갔다. 그러자 그 소리를 들었는지 문이 벌컥 열리면서 토이로가 얼굴을 내밀었다.

"마사이치! 고마워! 있었어?"

"응! 가져왔어. 지금 어떤 상황이야?"

"이미 다들 준비는 끝냈고, 무대에서 사회자가 이야기하고 있어. 아마 곧 1번 커플이 호명될 거야."

"그래? 서두르자."

안에 들어가 보니 그 창고는 파티션과 커튼으로 군데군데 가려놓은 대기실 같은 형태였다.

"원래 운동부가 연습 시합을 할 때 타교의 상대팀한테 빌려주는 방인가 봐. 저 커튼은 탈의실인데, 오늘은 다섯 쌍의 커플의 대기실로 사용되고 있어. 팀의 전략이 서로에게 누설되는 것을 방지하는 거야."

가설 탈의실의 수는 마침 다섯 개였다. 다른 팀은 준비가 끝난 것이리라. 안쪽에서 네 번째 방을 제외하면 전부 다 커튼이 닫혀 있었다.

"우선 우리는 진짜 탈의실에 가서 옷을 갈아입고——."

토이로가 그렇게 말했을 때였다.

"앗, 파트너가 오셨네요! 다행이에요! 서둘러 준비해주세요, 그럼 잘 부탁드립니다!"

계단을 올라와 뒤쪽에서 나타난 호시이즈미 선배가 내 등을 밀었다. 팍팍 밀면서 비어 있는 네 번째 대기실로 집어넣었다.

"차례가 되면 불러드릴게요. 그때까지는 이 방 안에서 대기해주세요. 공평한 싸움을 위해서 여러분은 자기 차례가 끝날 때까지 다른 커플의 무대는 볼 수 없습니다. 네, 그럼 기대할게요."

그런 말을 남기고 호시이즈미 선배는 좌악! 하고 커튼을 쳐버렸다.

우리는 서로 얼굴을 마주 봤다.

"아직 옷을 못 갈아입었는데……. 어, 물론 지각한 내 잘못이기도 하지만."

내가 그렇게 중얼거리자 토이로는 살래살래 고개를 옆으로 흔들었다.

"그게 아냐. 아직 옷을 갈아입지 못했다는 것은 보면 알잖아. ……애초에 이 대회는 커플 그랑프리니까. 우리도 당연히 커플로 취급되고 있는 거야."

옆방에 들리지 않도록 소곤소곤 속삭이는 목소리였다.

내가 들고 온 쇼핑백으로 토이로가 손을 뻗었다. 그 안에서 트레이닝복 두 벌을 꺼내더니, 사이즈 표기를 확인하고 그중 하나를 나한테 내밀었다.

그리고 토이로는 자기 트레이닝복을 품에 안은 채 내 얼굴을 쳐다봤다.

"커플이라면 같은 방에서 옷을 갈아입어도 괜찮다. 남들은 그렇게 생각하는 거라고."

"앗……. 그, 그렇구나."

말뜻은 이해했다. 논리적이었다.

사실 둘이 같은 방에 있으면서 옷을 갈아입는 것쯤은 언제나 태연하게 했었다. 토이로가 방구석에 가서 바스락바스락 움직이기 시작하면 나는 자연스럽게 눈을 피했고, 나도 토이로가 만화책을 읽는 동안에 얼른 바지를 바꿔 입는 경우가 자주 있었다.

그런데도 지금 이렇게 동요해버린 것은, 상황이 평소와는 너무 달랐기 때문이다.

가설 탈의실. 몹시 좁은 공간이었다. 점프하면 위에서 훔쳐볼 수 있을 정도였다. 더구나 이곳은 학교였다. 주위에는 다른 학생들이 있었다.

이 와중에 토이로와 동시에 옷을 벗는다. 바로 뒤에 속옷 차림의 토이로가 있게 되는 것이다. ……그런 것을 순간적으로 상상하고 말았다.

……꿀꺽. 나도 모르게 침을 삼켰다.

"토, 토이로, 넌 괜찮아?"

"으, 응. 괜찮아."

평소의 토이로라면 여기서 당연하지! 문제없어! 연인 작업이야! 하고 밝게 떠들어댔을 텐데. 역시 토이로도 이 상황, 이 분위기를 묘하게 의식하게 된 것 같았다. 그것을 깨닫고 나는 좀 안심했다.

"그, 그럼 옷을 갈아입을까."

"응."

우리는 서로를 등지고 섰다. 그리고 조심조심 옷을 벗기 시작했다. 이유는 몰라도 되도록 소리를 내지 않으려고 신경을 썼다.

단추를 풀고 셔츠를 벗은 뒤 트레이닝복을 걸쳤다. 실내복 스타일이니까 발에는 양말만 신었다.

바지를 벗기 전에 잠깐 손을 멈췄다. 그러자 등 뒤에서 옷감이 스치는 소리가 났다.

"……어, 마사이치?"

토이로가 그렇게 말을 꺼냈다.

아차. 무심코 몰래 상황을 살피고 있던 것을 들켜버린 걸까. 나는 허둥지둥 자신의 작업을 재개했다. 우선 트레이닝복 지퍼부터 찌이익 올렸다.

"으, 응? 왜?"

내가 물어보자 토이로는 다소 곤혹스러운 듯한 목소리

로 대답했다.

"아, 아니, 그냥. 왜 이러지? 의외로 부끄러워서⋯⋯."

"아⋯⋯ 응, 이해해."

"너도 이해해주는 거야?!"

그렇게 이야기하는 도중에도 바스락거리는 소리는 계속 나고 있었다. 그러다가 갑자기 조용해졌다. 옷을 다 갈아입었나? 하고 무심결에 힐끔 그쪽을 돌아봤다가──나는 황급히 앞을 바라봤다.

토이로는 바지의 앞뒤를 확인하고 있었을 뿐이다. 먼저 상의부터 갈아입었나 보다. 그 트레이닝복 밑으로 예쁘게 생긴 허벅지에서 종아리로 이어지는 곡선과, 흰 팬티를 입은 엉덩이가 살짝 드러나 있었다.

나, 나도 모르게, 보고 말았다.

내가 대체 뭐 하는 걸까. 빠, 빨리 옷을 갈아입어야지.

"마사이치. 다 끝났어?"

"아, 으으, 으으응, 끝났어."

"왜 그렇게 당황해?"

토이로가 힐끗 이쪽을 돌아보더니, 내가 완벽하게 옷을 갈아입은 것을 확인하고 완전히 이쪽을 향해 돌아섰다. 그래서 나도 토이로와 마주 봤다. 흰 천이 아직도 머릿속에 아른거렸지만, 지금은 필사적으로 다른 것을 생각하면서 신경 쓰지 않으려고 노력했다.

내가 그렇게 관심을 돌릴 만한 대상을 찾고 있었기 때문일까.

"사이즈가 딱 맞아. 세리한테 고맙다고 해야겠다."

그런 말을 하면서 양팔을 펼치고 자신의 트레이닝복을 내려다보는 토이로한테서, 나는 평소와는 약간 다른 점을 발견했다.

"어? 너 땋은 머리였잖아. 그거 풀어서 살짝 안쪽으로 말았네?"

내가 그렇게 말하자 토이로는 동그란 눈을 깜빡거렸다.

"와! 맞아. 용케 눈치챘구나?!"

"뭔가 평소와는 다른데―? 하는 생각이 들었거든."

"응, 응, 맞아! 집 데이트잖아? 그러니까 꾸밈없이 자연스러운 헤어스타일이 좋은데, 그렇다고 아무것도 안 하는 것은 좀 그럴 것 같아서. 머리를 풀고 조금만 만져 달라고 부탁했어."

토이로는 기분 좋게 웃고 있었다. 여자 친구의 사소한 변화를 눈치챈다. 남자 친구다운 작업을 해낸 것 같아서 나도 좀 기분이 좋아졌다.

"좋아―, 그럼 힘내자!"

그러면서 토이로가 주먹을 치켜들었다. 나는 "그래!" 하고 크게 고개를 끄덕였는데, 바로 그때.

『네, 그럼 지금부터 커플 그랑프리 결승전을 시작하겠습니다. 당장 첫 번째 커플을 이 자리에 모셔볼까요——.』

사회자의 마이크 음성과 더불어 관객들의 커다란 환호
성이 들려왔다.

*

"넌 긴장은 안 해?"

"아냐, 했어, 했지. 겉으로 티를 안 낼 뿐이야."

"……장난 아니다."

"……장난 아니네."

우리는 무대 옆에서 속닥속닥 이야기를 나눴다.

또다시 무대 쪽에서 우와! 하는 환호성이 들려왔다. 현
재 세 번째 커플이 무대에 나가 있었다. 대회장의 분위기
는 뜨겁게 달궈진 것 같았다.

……우리 차례가 되려면 이제 3분도 안 남았다.

"아, 그거다. 관객들의 얼굴은 전부 다 감자라고 생각하
면 돼."

토이로가 검지를 곧게 세우면서 말했다.

"아—, 그런 팁은 자주 들어봤어."

"그리고 저 사람은 양파, 저 사람은 당근……이라고 생
각하면 되는 거지."

"카레야?!"

나 방금 객석이 갈색 바다로 변하는 환상을 봤어.

"그리고 손바닥에 '사람 인(人)'을 써서 삼키는 거야."

"아— 그 방법도 자주 들어봤다."

"아래쪽의 두 다리 말고 머리부터 잘 먹어야 해! 안 그러면 목에 걸리니까."

"펭귄의 먹이 먹는 방식이냐?!"

"아, 그리고 꿈틀거리니까 단번에 꿀꺽 삼키는 게 제일 좋아."

"산낙지 같은 거야?!"

나의 날카로운 마지막 한마디에 토이로는 킥킥 웃었다.

"형님, 오늘 컨디션 좋으신데요?"

아마도 내 긴장을 풀어주려고 하는 것이리라.

"아뇨, 누님이야말로 대단하십니다. 무대에서도 잘 부탁드려요."

"적당히 질문에만 대답하면 그다음은 어떻게든 되지 않을까?"

정말 그 정도의 마음가짐으로 임하는 게 좋을 것이다. 괜히 긴장해서 딱딱하게 굳어버리면, 토이로 옆에서 나 혼자만 지독하게 튈 것이다. ……그런 생각을 했더니 또 긴장될 것 같아서 나는 고개를 옆으로 세차게 흔들었다.

"아, 아무튼, 이제는 무대에 나가기만 하면 끝이지?"

그러면 아마 어떻게든 될 것이다.

"응, 바로 그거야! 자, 슬슬 우리를 부를 거야!"

토이로가 그렇게 말했을 때.

『네, 그럼 네 번째 참가자는 1학년 커플! 하지만 전교에 소문났을 정도로 유명한 커플입니다. 모두 궁금해하시는 그 두 사람의 실태를 지금 확실하게 보여드리겠습니다! 자, 이제 나와주세요!』

호시이즈미 선배가 뛰어와서 마이크를 하나씩 우리에게 건네줬다. 그 후 무대로 나가라는 제스처를 했다.

망설일 여유도 없었고 결심할 시간도 없었다. 그저 우리는 남이 시키는 대로 어두운 무대 옆에서 밝은 무대로 나아갔다.

그 순간 무심코 눈을 감아버릴 정도로 눈 부신 빛이 주위를 감쌌다. 눈을 가늘게 뜨고 어떻게든 적응해보려고 했지만, 무대 아래쪽에 조명이 설치되어 있는지 좀처럼 적응할 수 없었다. 눈에 힘을 주고 똑바로 보려고 해도 무대 위에서는 객석이 어두워서 손님들의 얼굴은 거의 보이지 않았다.

왁자지껄한 사람들의 소리가 들리는 가운데.

『네, 그러면…… 지적하고 싶은 부분은 있지만요. 우선 자기 반과 이름을 말씀해주세요.』

그렇게 마이크 음성이 대회장 안에 울려 퍼졌다. 정면에서 볼 때 무대의 오른쪽에 서 있는 사회자는 갈색 머리를 풍성하게 세팅한, 은근히 여성스러운 분위기를 지닌 훤칠한 미남이었다.

토이로가 팔꿈치로 쿡쿡 나를 찔렀다. 나는 마이크 전원이 ON으로 되어 있는 것을 눈으로 확인하고 입을 열었다.

"아, 저—. 1학년 1반, 마조노 마사이치입니다."

"같은 1학년 1반, 쿠루미 토이로입니다! 잘 부탁드립니다!"

토이로가 기운차게 말하더니 고개를 꾸벅 숙였다. 나도 똑같이 고개를 숙였다. """토—이로—!"""하고 토이로의 친구들인 듯한 여자들의 단합된 응원 소리가 들려왔다.

『네— 그럼 당장 두 분의 아주 멋진 복장에 관해 여쭤보겠습니다만…… 스포츠 데이트 같은 건가요?』

"Non, Non. This, is, Silnaebok."

『Oh, Silnaebok?!』

"Yes, Yes! I love Silnaebok!"

토이로가 농담하듯이 외국인처럼 대답하자, 사회자도 장단을 맞춰줬다.

『어, 아니, 잠깐만요. 진짜로 평소에 집에서 입는 실내복이에요?』

"네! 아, 하지만 깨끗하거든요? 깨끗……할 거예요. 아마도. 이상한 냄새 안 나지?"

토이로는 손가락이 살짝 나온 트레이닝복 소매 끝을 내

코에 가까이 대면서 냄새를 맡으라는 시늉을 했다.

객석에서도 웃음소리가 들렸다. 다들 즐거워하는 것이 느껴졌다.

『이상한 냄새가 나면 안 되죠! 그런데 실내복이라고요? 오늘의 주제는 '두 사람의 최고의 데이트'인데요?』

"네, 그렇죠. ──여러분은 '집 데이트'라는 것을 아세요?"

그렇게 말하면서 토이로는 고개를 움직여 객석을 둘러봤다.

"편히 쉬면서 둘이서 게임도 하고, 각자 좋아하는 만화책을 읽기도 하고, 가끔 영화 같은 것을 보기도 하고. 좋지 않아요? 과자나 음료수를 준비해놓고 느긋하게 빈둥빈둥 노는 거 말이에요."

어때, 좋지? 하고 토이로가 이쪽을 쳐다봤다. 나는 고개를 끄덕이며 동의했다. 오타쿠 취미는 절묘하게 숨겼구나.

"아무 생각도 안 하고 집에서 늘어져 있는 거죠. 화장도 안 해도 되고, 머리카락도 그냥 대충 묶으면 돼요. 그러다 어느 순간 헉, 벌써 저녁이야?! 하고 깜짝 놀라는 거죠. 이러면 진짜 최고! 자, 그런 데이트를 해보고 싶은 사람~?!"

토이로가 그렇게 물어보자 대회장에서 "저요─!" 하는 소리가 터져 나왔다. 남자가 더 많은가? "토이로랑 해보고 싶어!"란 소리도 섞여 있는 듯했다.

"네, 이것이야말로 최고의 데이트, 지고의 데이트인 겁니다. 그래서 오늘은 실내복! 최고의 코디는? 고것이 고딩 추리딩이지~!"

"…………."

맙소사! 하고 생각했다. 여기서 그렇게 수준 낮은 썰렁 개그를 하다니. 네 멘탈은 강철이냐. 그리고 대회장은 쥐 죽은 듯이 조용해졌다.

나는 반사적으로 양말만 신은 발로 마룻바닥을 문지르는 시늉을 했다.

"─야, 큰일 났어. 너무 썰렁해서 무대가 빙판으로 변했어."

"아, 오케이. 저기요, 추워 죽겠으니 에어컨은 꺼주세요."

대회장에서 다시 웃음소리가 터져 나왔다. 가까스로 수습에 성공한 듯했다.

그런데 나도 좀 더 말을 해야 할 것이다. 계속 토이로한 테만 맡겨놓을 수는 없으니까. 토이로 옆에 나란히 서는 남자 친구로서.

『훈훈한 만담 커플이네요. 찰떡궁합이에요. 자, 그럼 이제 시간이 다 됐네요. 마지막으로 뭔가 어필할 것이 있나요? 있으면 해주세요.』

큰일 났다. 벌써 시간이 다 됐나 보다.

관심 끌기는 토이로가 충분히 해줬다. 대회장의 분위기는 참 좋았다. 하지만 이것은 커플 그랑프리. 누군가가 멋지게 마무리를 해줘야 한다.

"어—."

일단 토이로보다 먼저 소리를 냈다. 지금부터는 내 차례다. 그렇게 선언해서 자기 자신의 퇴로를 차단한 것이다.

할 말을 생각하면서 나는 천천히 앞을 봤다. 눈 부신 빛과 그 너머에 펼쳐져 있는 검은 바다. 거기서 이쪽을 보고 있는 관객들의 얼굴이 어렴풋이 떠올랐다.

이렇게 많은 사람 앞에서 이야기하는 것은 처음이었다. 게다가 지금부터 나는 평범하게 살아가는 한 절대로 입 밖에 낼 리가 없는 말을 할 것이다. 땀으로 촉촉해진 손을 꽉 움켜쥐고——나는 마침내 결심했다.

"어—, 좀 전에 토이로가 말했듯이, 저희는 빈둥빈둥 편안하게 노는 경우가 많은데요——. 저는 그런 두 사람의 시간을 정말 좋아합니다."

힐끗 토이로를 봤다. 이번에는 토이로가 끄덕끄덕 고개를 끄덕여줬다.

나는 침을 한 번 꿀꺽 삼키고 숨을 들이마셨다.

"저희가 사귀기 시작한 다음부터, 정말로 사귀는 게 맞느냐는 소문이 자주 돌았습니다. 그러니 여기서 선언하게 해주세요. 저와 토이로는 보다시피 잘 사귀고 있습니다. 부디 따뜻하게 지켜봐 주시길 바랍니다."

내가 고개를 숙이자 옆에서 토이로도 고개를 숙였다.

객석에서 커다란 박수 소리가 들려왔다. "토이로를 위해서라면—!"이라는 굵직한 목소리도 들려왔다. 한동안 박수는 이어지다가 이윽고 점점 줄어들었다.

『남자분, 훌륭한 선언이었습니다. 두 분을 위해 한 번 더 큰 박수를 보내주세요──.』

또다시 성대한 박수를 받으면서 우리는 등장할 때와는 반대되는 방향의 무대 옆으로 퇴장했다.

"마사이치! 고마워."

무대 옆의 어둠 속에서 토이로가 나를 돌아봤다.

"뭐가 고마운데?"

아, 물어보기 전에 우선 "나야말로 고마워"라고 말했어야 했나. 토이로가 대회장 분위기를 잔뜩 띄워준 덕분에 살았으니까.

"그냥 보여주기만 할 예정이었는데, 네가 그런 말까지 해줄 줄은 몰랐거든. 그래도 이로써 완전히 우리가 사귄다는 사실은 확실하게 선언한 거잖아?"

이어서 토이로는 재빨리 주위를 둘러봤다. 실행 위원한테 들릴까 봐 신경 쓰는 걸까. 얼굴을 내 귓가에 가까이 대면서 말했다.

"정말로 기뻤어. 고마워."

내 귀를 간질이면서 부드럽게 퍼지는 달콤한 한숨. 내가 그것을 느끼고 있을 때였다.

『네, 이제 마지막 커플이 등장할 차례입니다. 방금 보신 커플과 마찬가지로 1학년이지만, 우리 학교 굴지의 미남 미녀라고 할 수 있는 커플이죠. 자, 나와주세요—!』

그런 사회자의 멘트와 동시에 약간의 환성과 커다란 웅성거림이 무대 쪽에서 밀려왔다.

*

하얀색, 옷을 입고 있었다.

자세히 보니 그것은 슈트와 드레스였다.

완벽하게 갖춰진 흰색 슈트와 분홍색 조끼. 풍성한 스커트와 레이스로 장식된 네크라인과 얼굴을 가린 베일. 웨딩 슈트와 웨딩드레스 차림으로 카스카베와 후나미가 등장한 것이다.

"굉장해……. 임팩트는, 우리가 졌네."

무대 옆에서 토이로는 무대의 상황을 살펴보면서 중얼거렸다.

"설마 저런 옷을 입고 올 줄이야……. 저거, 어느 반의 연극에서 사용된 의상 아니야?"

"어, 맞아. 저런 옷이었어! 그걸 빌려 온 거구나. 머리를 세팅하기 전에 카에데가 뭔가 작전이 있다고 했었는데. 그게 저거였나 봐."

두 사람은 마주 보고 섰다. 카스카베가 살며시 후나미의 얼굴을 가린 베일을 걷어 올렸다. 여자들이 ""꺅—!"" 하고 환호성을 질렀다.

카스카베와 후나미는 정면을 향해 돌아서서 고개를 깊이 숙였다.

『네! 등장하자마자 최고의 퍼포먼스를 보여주셨군요! 훌륭해요! 자, 두 분은 자신의 반과 이름을 말씀해주세요!』

사회자가 말하자 두 사람은 마이크를 통해 간단히 인사를 했다.

『네, 그럼 우선은 이 복장에 관해 여쭤보고 싶은데요…….
주제는 두 사람의 최고의 '데이트', 맞나요?』

그 질문을 받고 마이크를 들어 올린 사람은 후나미였다.

"데이트란 것은 사이좋은 두 사람이 만날 날짜와 시간, 만날 장소와 할 일을 정해서 만나는 것입니다. 제가 조사해봤더니 그렇게 적혀 있었어요. 최고의 데이트……. 그게 지금까지 저희가 경험했던 데이트——라는 조건은 지정되어 있지 않았습니다. 그래서 제가 상상할 수 있는 최고의 데이트 날의 복장을 선택해봤습니다."

후나미는 사회자와 객석을 차례대로 보면서 이야기했다.

『그, 그렇군요. 평소에도 그런 옷을 입고 다니시는 줄 알았습니다. 많이 놀랐어요—.』

"아하하, 네. 그렇게 강한 인상을 남기는 것이 저희의 작전이기도 해요."

그러더니 후나미는 귀엽게 살짝 혀를 내밀었다. 계산된 애교였다. 대회장에서 큰 웃음소리가 터졌다. "슌, 너도 무슨 말 좀 해봐—!" 하고 야유하는 남자의 목소리가 들렸는데, 이에 대해 카스카베는 웃으면서 가볍게 손을 들어 답했다. 여유가 있어 보였다.

『이렇게 멋진 두 분이 말이죠, 실은 하고 싶은 이야기가 있으니 시간을 달라고 미리 부탁을 하셨습니다. 그래서 저는 이만 물러가겠습니다. 뒷일은 잘 부탁드릴게요.』

그렇게 말하더니 사회자가 한 걸음 뒤로 물러났다.

하고 싶은 이야기? 도대체 뭘까. 나는 무대 위에 있는 두 사람에게서 눈을 떼지 못했다.

이번에도 마이크를 쥔 사람은 후나미였다.

"이 커플 그랑프리 결승전의 의상을 정하고, 실행 위원회에 부탁을 드린 사람은 저입니다. 오늘 급히 결정한 거예요. 그리고 이 친구도 지금부터 제가 무슨 말을 하려고 하는지는 모릅니다."

어느새 후나미는 긴장감이 섞여서 좀 딱딱해진 음성으로 이야기하고 있었다. 카스카베가 객석을 향해 고개를 끄덕거렸다.

그 직후에 후나미는 충격적인 말을 했다.

"이 자리에서 이런 말을 하기는 좀 그렇지만——사실 저희는, 아직 사귀는 사이가 아닙니다."

웨딩드레스를 입고 등장했을 때보다 더 큰 소란이 일었다.

나와 토이로도 무심코 "어?" 하는 소리를 냈다.

우리와는 정반대로 '사귀지 않는다는 선언'을 한 것이다.

"저는 카스카베를 좋아합니다. 사랑에 빠진 것은 입학한 지 얼마 안 됐을 때입니다. 1학년 학생들끼리 모여서 노래 방에 갔을 때 있었던 일이 계기였어요."

원래 그런 곳에는 거의 가본 적이 없었던 저는——이라고 하면서 후나미는 천천히 이야기했다. 내가 어제 토이로를 통해 들은 에피소드를.

"그날부터 저희는 자주 같이 있게 되었습니다. 제가 부지런히 말을 걸었기 때문이지만요. 카스카베는 다정하니까 그렇게 다가오는 저를 받아줬습니다. 저는 그런 그와 언젠가 사귀게 되면 좋겠다고 생각하면서, 그에게 어울리는 여자가 되려고 노력도 했는데……."

후나미는 말을 잠깐 끊었다.

"하지만, 나 같은 사람이 카스카베와 사귄다니……. 저는 아무리 시간이 지나도 자신감을 가질 수 없었습니다. 결국 저는 아무 말도 못 하고. 계속 기다리기만 하면서 이 관계를 유지하고 말았습니다."

그동안 카스카베도 고백할 기미는 보이지 않았다. 그런 사정은 나도 잘 알고 있었다.

"늘 고마워. 진심으로. 너와 같이 있으면 즐겁고, 가슴이 두근거리고, 가끔 싸우기도 하지만 그것도 너와의 싸움이라면 좋은 추억이야."

후나미의 목소리는 떨리고 있었다.

"나는 뭔가에서 1등이 되어본 적이 없어. 시험 성적도 그렇고, 운동도 그렇고, 내가 배웠던 피아노 콩쿠르에서도 그랬어. 예쁜 여자의 매력도, 옛날에는 그걸 위한 노력조차 안 했어. 그래서 늘 왠지 모르게 자신이 없었던 거야. 만약에 어떤 분야에서든 1등을 한다면, 좀 더 용기가 생길까?"

카스카베는 똑바로 후나미를 보고 있었다. 객석에서 응원하는 소리가 들렸다.

그의 시선을 받아내면서 후나미는 입을 꾹 다물었다. 그러다 문득 부드럽게 웃었다.

"나는 오늘 이 대회에서 1등을 할 거야. 그런데 나 혼자만 하는 게 아니야. 우리 같이, 둘이서 함께 1등이 되자. 응?"

암암리에 오직 카스카베한테만 전달되는 언어로 그렇게 유혹하듯이 말하는 후나미. 1등. 두 사람의 마음속에서 그 말이 어떤 무게를 지니는지, 아마 타인은 결코 모를 것이다.

후나미는 카스카베를 향해 고개를 숙였다.

"그리고 만약에 우승하게 된다면. 나와 정식으로 사귀어 주세요."

술렁임과 환호성. 그리고 카스카베에게 대답을 요구하

는 목소리가 체육관 전체에서 튀어나왔다.

단순히 1등인 여자와 사귀는 것이 아니다. 더 나아가 함께 1등 커플이 되는 것이다. 그것은 카스카베의 뒤틀린 고집을 없애주는 가장 좋은 방법이 아닐까. 나도 그렇게 생각했다.

가만히 후나미만 바라보고 있던 카스카베는 잠시 뭔가를 생각하는 것처럼 고개를 숙였다. 그리고 천천히 자세를 바로잡더니 마이크를 쥐었다.

"나야말로 늘 고마워. 진심으로. 언제나 즐거웠고, 심심하지 않았고, 고독하지도 않았어. 고등학교에 들어와 카에데를 만나고 세상이 변했어. 카에데가 곁에 있는 하루하루는 나를 안심시켜준다고나 할까, 무적의 존재로 만들어줬어."

후나미는 마치 기도하는 것처럼 마이크를 양손으로 붙잡은 채 카스카베의 이야기에 귀를 기울이고 있었다.

"……멋진 사람이 되고 싶었어. 그래서 너와 마찬가지로 나도 자기 자신을 갈고닦기 위해 노력을 많이 했다고 생각해. ……방금 네 이야기를 들었을 때, 모든 것이 보답받은 듯한 느낌이 들었어. 이렇게 멋진 여자한테 고백을 받게 되었으니까."

카스카베는 말을 끊더니 사랑스럽다는 듯이 후나미를 바라봤다. 그것을 눈치챈 후나미가 쿡쿡 웃었다. 그러자 카스카베도 덩달아 후훗 하고 웃었다.

"걱정하지 마. 오늘의 너는 틀림없이 1등으로 아름다우니까. 내가 보증할게."

"고마워."

후나미가 살짝 고개를 숙여 인사했다.

카스카베는 그런 후나미에게 한 걸음 다가갔다.

"처음부터 알고 있었어. 나는 더 이상 너 없는 하루하루는 견딜 수 없어. ……나는 그런 마음을, 오랫동안 나의 쓸데없고 이기적인 고집 때문에 일부러 모르는 척하고 있었어. 그래서 지금은 어떻게든 사과하고 싶어."

그것은 대회장에 있는 사람들은 모르고, 오직 아는 사람만 아는 사정이었다. 그런데 다음 한마디가 나를 깜짝 놀라게 했다.

"'정말로 좋아한다는 것'이 무엇인지 이제는 확실히 알았어."

그것은 언젠가 나와 카스카베가 서로에게 던졌던 말이었다. 정말로 좋아한다는 것. 저 녀석은 지금 그 답을 알게 된 것이다.

카스카베가 왼손으로 마이크를 바꿔 쥐고 오른손을 후나미에게 내밀었다.

"둘이 함께, 1등이 되자. 그리고 그때는 나야말로 잘 부탁할게——."

그 순간 어마어마한 환호성과 게릴라성 호우 같은 박수

소리가 체육관 안에서 폭발했다.

틀림없이 오늘의 전체 1등. 최고로 흥분한 분위기였다. "휘유~" "축하해!" "너희 둘 다 최고야—!" "카에데—! 축하해!" 하고 온갖 소리가 튀어나왔다.

"……스스로 쟁취했구나. 빼앗겼네."

내 옆에서 토이로가 중얼거렸다.

"응. 아마 우승도, 카스카베의 마음도 쟁취했을 거야."

예쁘고, 아름답고, 장하고, 씩씩했다. 아마 객관적으로 본다면 그날의 후나미는 1등으로 환하게 빛나고 있었을 것이다.

지기 싫어하는 우리도 납득하지 않을 수 없었다.

후나미를 만만하게 봤었다. 우리가 승리를 양보하지 않아도 후나미는 얼마든지 우승할 수 있었던 것이다.

"아유, 마사이치 군. 그래도 이로써 처음 예정대로 우리의 목적은 둘 다 달성하지 않았습니까?"

"……분하지 않아?"

"……좀 분해."

우리는 단둘이 그런 대화를 하면서 무대 옆에서 웃었다.

커플 그랑프리는 말할 것도 없이 카스카베와 후나미의 우승으로 끝났다.

트로피 수여식이 끝나고 학교 축제 폐회식으로 넘어갔다.

그동안 나의 뇌리에는, 정식으로 후나미와 사귀는 것이 결정됐을 때 카스카베가 보여준 행복한 표정이 계속 남아 있었다——.

"후야제에서 캠프파이어를 하는 것은 애니메이션 속에서나 있는 일이라고 생각했는데."

"그렇지? 그래서 나도 동경하다가 이번 실행 위원회에서 마구 밀어붙인 거야. 옛날에는 했던 것 같은데, 최근에는 음료수와 과자를 먹으면서 파티만 하는 형태로 변했었대."

"아하, 그래. 실행 위원회에 숨어든 애니메이션 오타쿠가 너였구나."

교정 중앙에서 활활 타오르는 커다란 불을 에워싸고 많은 학생이 시끌벅적하게 놀고 있었다. 가까이 서서 구경하는 사람도 있고, 이리저리 뛰어다니는 남자나 손뼉을 치면서 웃는 여자도 있고. 모두 각자 다른 방식으로 즐기고 있었다.

나는 멀리서 그 광경을 바라보면서 사루가야와 대화를 하고 있었다.

"옛날에 대학교 캠프 동아리에 속해 있어서 캠프파이어를 잘 아는 선생님이 계셨거든. 그 선생님이 안 계셨으면 아마 실현되지 못했을 거야. 운이 좋았지. 이런 것은 초보자는 못 하니까."

사루가야는 팔짱을 끼고 고개를 끄덕거렸다.

"……일을 꽤 완벽하게 잘 해냈구나."

이 메이호쿠 축제에서는 아마도 사루가야의 노력에 감사하는 사람이 많지 않을까.

"그렇지? 처음 공학에서 맞이하는 학교 축제잖아. 그래서 최선을 다해 즐겨줬다니까?"

의기양양하게 가슴을 쫙 펴고 말하는 사루가야.

하긴…… 나도 상당히 즐겼다. 그것은 틀림없이 사루가야 덕분이기도 할 것이다.

"고생했어."

내가 그렇게 말하자 사루가야는 헤헤 웃었다.

조회대 쪽이 갑자기 시끄러워졌다. 한 남자가 조회대에 올라가 크게 숨을 들이마신 후.

"요시다! 사랑해—! 나랑 사귀어줘!"

그렇게 외치더니 꾸벅 고개를 숙였다. 조회대에 모인 구경꾼들이 와! 하고 흥분했다. 요시다처럼 보이는 사람이 친구들에게 등을 떠밀려 조회대로 올라갔다. 그리고.

"……응, 잘 부탁해."

수줍게 양손 손가락을 입 앞에 모으면서 살짝 고개를 숙였다.

우와아—! 하고 주위에서 환호성이 터졌다. 남자가 팔을 벌리자 요시다가 그쪽으로 다가갔다. 그대로 두 사람은 포옹했다.

"아까도 한 건 있었거든? 다들 커플 그랑프리의 카에데한테 영향을 받은 것 같아."

사루가야가 가르쳐줬다.

하기야 후나미의 퍼포먼스는, 보는 사람이 용기를 내게 만드는 특별한 마력을 지닌 것 같았다.

"남학교에서는 본 적이 없는 광경이네."

"그러게. 아, 좋다. 이거야, 바로 이런 것을 원했다고."

"너 즐거워 보인다."

그때 문득 생각나는 것이 있었다. 나는 이어서 질문을 던졌다.

"너랑 마유코는 어때. 이 학교 축제에서 뭔가 진전이 있었어?"

사루가야는 캠프파이어 쪽을 보면서 눈을 가늘게 뜨고 "글쎄" 하고 뺨을 긁적였다.

"마유코가 나에게 관심이 있다는 것은 알겠어. 하지만 어, 아직은 서로 알아가는 단계인 것 같아."

"오. 신중하네. ……마유코는 솔직하고 좋은 아이라고 생각하는데?"

내가 별생각 없이 그렇게 말했더니 사루가야는 고개를 옆으로 흔들었다.

"당연히 그건 나도 알아. 서로 알아가는 단계라고 말했지만, 사실 이것은 주로 마유코가 나라는 사람을 알아주기 위한 기간이야. 보다시피 난 이런 녀석이잖아? 그러니까 처음부터 다 알게 해주고, 이런 남자라도 괜찮다면……이라는 거지. 그 애가 후회하지 않았으면 좋겠다고나 할까."

그렇게 말하면서 사루가야는 손을 크게 흔들었다.

그쪽을 봤더니 캠프파이어 근처에서 마유코가 발돋움하면서 손을 흔들고 있었다. 주위에는 토이로, 나카소네, 후나미도 있었다.

"넌 좋은 녀석이구나."

나는 조그맣게 중얼거리듯이 내 감상을 말해봤다.

"갑자기 무슨 소리야? 아니, 이 정도는 보통 아냐?"

"너는 좀 더 즉흥적으로 이것저것 해치우는 녀석인 줄 알았거든."

실례되는 말인 줄 알면서도 내가 그렇게 말했더니, 사루가야는 천천히 두 번 고개를 옆으로 흔들었다.

"아냐, 안 돼. 서로를 알면——속속들이 잘 알면 알수록, 혹시 그보다 더 깊은 관계가 되려고 할 때도 안심할 수 있거든. 그건 아마도 무척 중요한 일일 거야. ……잘은 몰라도."

"마지막 순간에 소심해지지 마!"

"아니, 하지만 난 지금까지 여자 친구를 사귀어본 적이 없는걸."

그러더니 사루가야는 하하하 하고 크게 웃었다.

——마유코는 이미 사루가야를 여러모로 잘 알고 있다
고 생각하는데 말이지.

　　학교 축제 첫째 날, 마유코와 단둘이 했던 대화를 떠올
리면서 나는 그런 생각을 했다.

　　"자, 그럼 마사이치. 슬슬 나는 가볼게. 잡일이 좀 남아
있거든. 끝까지 재미있게 즐겨줘."

　　사루가야는 그런 말을 남기고 걸음을 뗐다. 등 뒤를 향
해 가볍게 손을 흔들었다.

　　그 뒷모습을 보면서 나는 방금 그가 했던 말을 머릿속에
서 반추해봤다.

　　——속속들이 잘 알고 있으면, 안심된다고……?

*

　　사루가야와 헤어진 다음에도 나는 멍하니 멀리 있는 캠
프파이어를 바라보고 있었다.

　　토이로와 같이 돌아갈 약속을 했기 때문이다.

　　그 약속 상대는 내가 혼자가 된 것을 확인했는지, 종종
걸음으로 이쪽으로 다가왔다.

　　"마—사이치!"

　　"뭐, 뭐야? 왜 그렇게 웃어."

"우리 같이 있자!"

토이로는 어쩐지 기분 좋은 것처럼 폴짝 뛰어서 내 옆에 나란히 섰다.

우리 둘이 만났으니 이제 집에 가자⋯⋯란 말은 할 수 없었다. 이번에는 토이로와 둘이서 교정을 바라보기 시작했다.

문득 툭툭 하는 감각이 느껴졌다. 토이로가 어깨를 붙이려는 것처럼 부딪쳐오고 있었다.

"야."

"응?"

"주위를 봐. 남들이 보잖아."

"아무도 안 봐. 다들 자기 청춘을 즐기느라 바쁘다고. ⋯⋯그리고 지금까지 이런 행동은 일부러 과시하듯이 했었잖아?"

토이로의 말대로 우리는 지금까지 연인 작업이란 명목으로 커플 같은 행동을 주변 사람들에게 보여주려는 듯이 실행했었다.

그런데 왠지 좀, 뭐랄까, 이런 알콩달콩 연애질 같은 행위를 남에게 보여주기는 부끄러웠다. ⋯⋯아니, 지금까지도 당연히 부끄럽긴 했지만, 지금은 어쩐지 숨기고 싶은 기분이 들어서——.

자신의 심경 변화를 느낄 수 있었다. 구체적으로 어떻게 변했는지 당장 언어로 표현할 수는 없지만. 좀 더 확실하게 이 변화를 느끼고 싶었다.

"이미 주변 사람들은 우리를 완전히 진짜 커플이라고 생각하고 있는걸."

그러더니 토이로가 빙그레 웃었다.

커플 그랑프리 결승 무대에서 큰 소리로 선언했으니까. 나와 토이로의 관계는 거의 전교생에게 알려졌을 것이다.

그리고 그것은 나와 토이로가 직접 내세웠던 목표를 달성했음을 뜻하는 것이었다.

다른 남자한테 연애 대상으로 여겨지고 싶지 않다. 남자가 섞여 있는 단체 모임에 불려가고 싶지 않다.

처음부터 토이로는 그런 이유로 나에게 위장 커플을 의뢰했었다. 그리고 이번 선언은, 아마도 토이로의 그 고민에 대해 엄청난 효력을 발휘할 것이다.

일단 나는 위장 남자 친구의 역할을 다한 셈이다.

그렇다면 이 관계는 어떻게 될까? 슬슬 앞으로 나아갈 때가 온 걸까. 이제는 위장이 아니라――…….

"저, 저기. 왜 그래―?"

내가 생각에 잠기자 토이로가 걱정스러운 얼굴로 나를 들여다봤다.

그런 토이로에게 나는 무의식중에 물어봤다.

"그, 그냥 해보는 말인데…… 만약에 우리가 진짜 연인

이 된다면, 어떻게 될까."

토이로는 놀랐는지 눈을 휘둥그렇게 떴다.

"아니, 그게. 오늘은 뭔가 고백 러시 같은 분위기잖아? 그래서 갑자기 궁금해져서……."

내가 허둥지둥 변명하는 듯한 말을 늘어놓고 있는데.

"어떻게 되냐고? 그게 무슨 의미야?"

진지한 표정으로 토이로가 그렇게 되물어봤다.

"어— 그러니까, '어떤 느낌의 미래가 될까?'란 뜻이야. 평범한 연인이 된다 치면…… 내가 조사해봤더니 고등학교 때 사귄 커플은 대부분 헤어진다고 인터넷에 적혀 있더라고. ……소꿉친구가 커플이 되면 말이지, 그와 동시에 '끝'으로 가는 길도 열리는 것 같아."

나는 최근에 줄곧 고민하고 있던 내용을 입 밖에 냈다.

마유코의 이야기도 듣고 나서 이것저것 자기 나름대로 생각을 해봤다.

소꿉친구는 계속 소꿉친구다. 하지만 커플은 해피엔딩 또는 배드엔딩이라는 둘 중 하나의 결과에 최종적으로는 다다르게 된다. 끝이 있는 것이다. 게다가 고등학생 시절에 사귀기 시작한 커플은 압도적으로 배드엔딩 될 가능성이 높다고 한다.

처음에는 단순히 현재의 이 소꿉친구로서의 즐거운 관계가 어떻게 변할까? 하고 걱정만 했었다. 현상 유지가 역시 마음이 편했다. 첫 경험의 불안을 외면하면서 나는 안락한 생활을 선택해버렸다.

그러나 이윽고 사귄다는 것에 대해 제대로 마음먹고 깊이 생각해보거나 남에게 물어보게 되었다. 그러다가 이번에는 배드엔딩이라는 가능성이 존재한다는 것을 깨닫고 말았다.

그렇다면——배드엔딩의 가능성이 있다면, 안 사귀는 편이 더 낫지 않나? 아니, 하지만 역시 그건 좀 아닌 것 같고…….

나는 토이로와 함께 해피엔딩을 목표로 하고 싶었다.

만약에 우리가 정말로 사귄다면 어떻게 될까……. 끊임없이 그런 생각을 하고 있었다.

☆

예상치 못한 질문이라서 실은 깜짝 놀랐다.

마사이치가 그런 것을……. 우리의 관계를, 생각해주다니. 그 사실을 깨닫자마자 가슴이 확 뜨거워졌다.

최근 들어——마사이치를 좋아한다는 것을 인정한 다음부터 자신의 마음은 좀 폭주하는 경향이 있었다. 나는 거기에 신경을 쓰고 있었다.

포옹 챌린지를 하자고 제안하기도 하고, 진짜 연인같이

아무도 없는 곳에서 손을 잡고 집에 돌아가기도 하고. 좀 전에도 옆에 나란히 서서 몸을 붙이기도 하고. 그렇게 연인들만의 특권을 누리고 싶어 했는데, 그와 동시에 또 마사이치가 이걸 어떻게 생각할까? 하면서 불안해하기도 하고——.

그런데 알고 보니 마사이치도 조금씩 전진하려고 하는 것 같았다. 나는 내심 엄청나게 기뻤다.

마사이치가 질문한 내용은 실은 내가 몇 번이나 생각해 본 것이었다. 나는 속으로 할 말을 정리한 뒤 그에게 전달했다.

"……그건 아니야. 우리들 같은 경우에는 말이지. 소꿉친구가 커플이 되는 것이 아니라, 소꿉친구 커플이 되는 거야."

"소꿉친구 커플……?"

그렇게 되풀이하는 마사이치를 보면서 나는 고개를 끄덕였다.

소꿉친구라는 속성에 단지 연인이라는 관계가 더해질 뿐이다. 그러니까 문제없다.

"평범한 고등학생 커플처럼, 사귀기 시작한 다음부터 서로의 안 좋은 부분을 발견하게 되는 것도 아니잖아? 처음부터 서로에 대해 너무너무 잘 아는 상태에서 사귀는 거니까. 안심할 수 있지. 그런데 또 그것과는 별개로 커플로서의 두근두근한 감정도 제대로 맛볼 수 있다는 것도…… 지금까지의 경험으로 실컷 알게 되었잖아?"

내 생일날이라든가, 목장에 가서 관람차를 탔을 때라든가. 추억이 뇌리에 되살아났다.

"오래 사귀다가 서로에게 질려버린다거나. 와 벌써 2년이나 사귀었네—, 세상에 벌써 3년이나 지속되고 있어— 등등. 그런 것은 우리한테는 진짜 아무것도 아니잖아? 우리가 사귄 역사는 벌써 15년. 보통 경력이 아니다, 이겁니다."

나도 모르게 흥분해서 말이 약간 빨라졌다. 일단 호흡을 가다듬고, 마지막에는 최대한 부드러운 말투를 쓰려고 노력하면서 결론을 이야기했다.

"그러니까 걱정할 필요 없어. 알았지?"

*

눈이 번쩍 뜨이는 기분이었다.

머릿속에 끼어 있던 안개가 확 걷히는 느낌이었다. 토이로의 입을 통해 그런 말을 들어서 다행인 걸지도 모른다.

소꿉친구인 연인. 그것은 아마도 일반적인 고등학생 커플을 초월하는 존재인 것 같았다. 토이로가 말한 내용은 확실히 나도 납득할 수 있었다.

똑바로 자신의 마음과 대면해도, 괜찮을지도 모른다.

교정 중앙의 캠프파이어 쪽에서 음악 소리가 들려오기

시작했다. 오클라호마 믹서*. 불을 둘러싸고 댄스 타임이라도 시작된 걸까. 사람들이 그쪽에 모이기 시작했다.

"춤출래?"

내가 그쪽으로 가려고 하자 토이로가 웃으면서 내 옷자락을 잡아당겼다.

"에이— 뭐야? 마사이치. 넌 그런 것을 좋아하는 타입이 아니잖아."

"뭐, 그건 그렇지만⋯⋯."

나는 멈춰 섰다. 애니메이션 같은 데서는 지금이 틀림없이 둘이서 어색한 춤을 추는 타이밍일 텐데. 하지만 내가 춤을 못 추는 것도 사실이었다.

그래도 내 마음은 몹시 초조한 충동에 휩싸여 있었다. 뭔가를 해야만 한다고 생각했다.

"토이로!" "저기, 그러면!"

두 사람의 목소리가 하나로 겹쳐졌다.

"아, 마사이치. 말해봐! 난 나중에 말해도 돼."

"으, 응. 저, 저기, 내가 좀 가보고 싶은 곳이 있는데. 하나, 확인하고 싶은 것이 있거든. 그러니까 조금만 기다려주지 않을래?"

"으, 응! 기다릴게."

나는 서둘러 학교 건물 쪽으로 뛰어가기 시작했다.

---

*남녀 2인 1조로 이중 원을 만들어서 단체로 추는 포크댄스.

오늘 커플 그랑프리 결승전에 참가하기 전부터 계속 내 머릿속 한구석에 남아 있는 것이 있었다.

학교 축제와 커플에 관한 메이호쿠 고등학교의 전설. 세리나의 말로는 그것은 후야제와 관련된 것 같았다.

즉, 바로 지금이었다.

뭔가 토이로와 함께 할 수 있는 일이 있을지도 모른다.

하지만 가장 중요한 그 내용을 알 수가 없었다. 그래서 나는 어디론가 뛰어갔다. 커플 그랑프리 예선을 치를 때, 힌트가 될 만한 학급 이벤트를 발견했던 것이다. 그래서 그 이름만은 기억하고 있었다. 그때 토이로도 신경 쓰인다고 했던가…….

2학년 2반 『아무도 모르는 학교의 전설』.

아마도 학교의 7대 불가사의라든가 좀 신기한 소문 같은 것을 모아서 전시하고 있는 게 아닐까. 나는 그렇게 생각한 것이다.

승강구에서 신발을 갈아 신고 계단을 뛰어 올라갔다. 층계참에서는 난간을 잡고 급커브를 돌아 반쯤 구르다시피 하면서도 속도는 줄이지 않고 3층까지 올라갔다.

각 교실은 내일 오전에 치울 예정이었다. 그리고 딱히 귀중품을 놔둔 것도 아니어서 그런지, 교실 문은 잠겨 있지 않았다. 문을 열고 안으로 들어갔다.

예상대로 교실 안에는 파티션이 세워져 있었고, 거기에

붙어 있는 커다란 도화지에는 이 학교의 온갖 7대 불가사의, 전설, 가십 등이 소개되어 있었다. 이 학교의 미남 미녀 TOP3, 달리기 잘하는 사람 TOP3, 일찍 등교하는 사람 TOP3, 웃는 얼굴이 예쁜 사람 TOP3(※2학년 2반 조사 결과) 같은 것도 게시되어 있었다.

내가 찾는 정보는 어디 있을까……?

나는 어두운 교실 안에서 휴대폰 불빛에 의지해서 세심히 확인했다.

이거다! 싶은 전설은 금방 발견됐다.

『아무에게도 방해받지 않고 단둘이 후야제의 마지막 순간을 맞이하면, 그 사랑은 이루어진다.』

나는 복도로 뛰쳐나갔다. 곧바로 승강구에서 빠져나가려고 할 때였다.

"아, 마사이치! 어디 갔었어? 조금만 기다리라더니, 전혀 조금만이 아니잖아."

기다리다 지쳤는지 나를 찾으러 와준 토이로와 딱 마주쳤다.

"마침 잘 왔어!"

나는 토이로의 손을 잡았다.

우와! 하고 놀란 것 같으면서도 은근히 기뻐하는 듯한

소리를 내는 토이로. 그런 토이로의 손을 잡아끌면서 나는 다시 복도로 돌아갔다.

"어디 가?"

"그냥, 일단 따라와 줘!"

설명은 나중에 하고. 당장 아무도 없는 곳으로 가야 한다.

"괜찮아?"

나는 계단을 올라가면서 뒤를 향해 물어봤다.

"응. 괜찮아!"

토이로가 숨찬 목소리로 대답했다.

교실은 위험하다. 누가 언제 들어올지 모른다. 남쪽 건물 5층에 있는 카페테리아가 좋을까? 아니, 교정의 후야제의 모습이 안 보이는 것은 왠지 좀 아쉬운 느낌이 들었다.

고민 끝에 나는 교정에 면한 북쪽 건물 3층에 있는 도서실로 향했다.

분명히 도서실에서도 '메이호쿠 학생이 선택한 추천 도서 소개'라는 학교 축제 전시회가 열렸을 것이다. 그럼 혹시——.

기대하는 마음으로 문에 손을 댔다.

덜걱덜걱. 진동으로 인해 불투명 유리가 흔들리는 묵직한 소리가 나면서 미닫이문이 움직였다. 역시 안 잠겼구나!

우리는 아무도 없는 도서실 안으로 살금살금 들어갔다.

축제의 소음은 멀어져서 주위는 조용했다. 창문 너머로

보이는 캠프파이어는 촛불처럼 부드러운 빛을 내며 일렁거리고 있었다.

아마 여기에는 아무도 오지 않을 것이다…….

"……안 추워?"

얼른 창가로 다가가 교정을 바라보고 있는 토이로에게 나는 그렇게 물어봤다.

"아―, 그러고 보니 조금 추워진 것 같기도 하고―."

"국어책 읽는 말투네. 그게 최선이야?"

"추워―!"

토이로가 장난스럽게 웃더니 내 팔에 딱 달라붙었다.

나는 예전에 그랬듯이 토이로를 살며시 안으면서 끌어당겼다. 계속 그렇게 하고 싶다고 생각했었다.

토이로는 저항하지 않았다. 내 품속에 가만히 들어와 있었다.

팔을 둘러 꽉 끌어안았다. 이런 포옹을 벌써 몇 번이나 했는지 모르겠는데, 매번 느껴지는 토이로의 몸은 상상보다 훨씬 더 작고 부드러웠다. 뺨에 닿는 머리카락이 서늘해서 그게 또 묘하게 기분이 좋았다.

"여기는 학교인데?"

토이로는 아직도 재미있어하는 듯한 목소리였다.

"아무도 안 보잖아."

"나쁜 아이구나."

"누군가에게 관측되기 전까지는, 여기서 일어나는 일은 수속되지 않는다. 고로 포옹하는 상태와 포옹하지 않는 상태가 중첩된 것이다. 그러니까 아직은 나쁜 아이라고 비난받을 이유가——."

"슈뢰딩거야?!"

토이로는 킥킥 웃었다. 그리고 내 블레이저 재킷의 허리를 꼭 잡았다.

나도 다시 한번 강하게 토이로를 껴안았다.

심장의 고동이 전해진다. 숨결도 느껴진다.

"저기, 있잖아. 왠지 충전되는 느낌인데. 알아?"

"충전?"

"응. 이렇게 꽉— 안고 있으면 말이지, 어쩐지 몸속에 스으윽— 하고 뭔가가 채워지는 듯한 느낌이 들지 않아?"

"아— 알 것 같아."

구체적으로 무엇이 채워지는지는 말할 수 없지만. 만족감인지 다행감인지 뭔지 하는 감정이 서서히 충만해지는 느낌이 드는 것은 확실했다.

그것을 맛보고 싶은 마음이 너무나 강해서 쭉 이렇게 토이로를 껴안고 싶었다.

"……후야제는 이제 얼마나 남았을까?"

나는 문득 궁금해져서 물어봤다.

"음…… 아마 좀 더 있어야 끝날 거야."

"그렇구나."

내가 그렇게 대답했을 때였다. 토이로가 후훗 하고 웃음을 흘렸다. 고개를 들더니 내 얼굴을 쳐다봤다. 그리고 뜻밖의 말을 꺼냈다.

"그때까지 아무한테도 안 들키면 좋겠네."

"뭐? 너, 그거——."

토이로의 말이 무슨 뜻인지는 금방 알았다. 토이로도 메이호쿠 고등학교 후야제의 전설을 알고 있었다.

"어, 어떻게 알았어?"

몹시 부끄러워서 얼굴이 뜨거워졌다.

"폐회식 때였나? 그때쯤에 세리한테서 메시지가 왔어. 학교 축제의 전설이 뭔지 친구한테 물어봤어— 하고. 그리고 세리가 그 내용도 가르쳐줬어."

아 진짜, 세리나……. 오늘 그 전설 이야기를 꺼낸 사람은 나였다. 그럼 그걸 알았을 때, 나한테 가르쳐주면 좋았잖아…….

"마사이치. 아까는 내가 너한테 어딘가로 이동하자고 말하려고 했었어. 그러다가 동시에 말을 해버리는 바람에—. 아니, 그런데 설마 네가 이런 곳으로 나를 데려와 줄 줄은 몰랐어. ……기뻐."

화사하게 웃는 토이로. 그걸 본 나는 다시금 토이로를 강하게 끌어안았다. 오늘은 이렇게 껴안는 것에 대한 망설임이 사라져버렸다. 우리의 포옹 챌린지의 기누스 기록은 현재진행형으로 경신되고 있었다.

——내 마음은 이미 굳어졌다.

심지어 조급해하는 것처럼 심장의 고동이 쿵쿵 빨라지고 있었다.

마유코의 연애관을 듣고 스스로 이것저것 생각해볼 수 있었다.

사루가야는 '서로에 대해 속속들이 잘 알고 있으면 안심이 된다'고 했는데, 그 말은 나와 토이로에게는 마음 든든한 한마디였다.

그리고 카스카베의 노력. 그것이 결실을 보는 순간을 봤을 때, 나는 내 안에서 뭔가가 떨치고 일어나는 듯한 감각을 느꼈다. 앞으로 무엇을 해야 할지, 어떻게 되고 싶은지. 그런 것들이 드디어 눈에 보이면서 앞길이 환하게 펼쳐지는 느낌을 받았다.

나는 자연스럽게 토이로의 귓가에 대고 속삭이고 있었다.

"——좋아해."

토이로가 헉 하고 눈을 휘둥그렇게 뜨는 것이 느껴졌다.
"뭐……?"
약간 몸을 떼면서 내 얼굴을 쳐다보는 토이로.

놀라움이 섞인 표정이었다. 그걸 본 나는 너무 갑작스러웠나? 하고 반성했다. 방금 그 고백은 분위기에 휩쓸린 감이 있었다. 실은 나 자신도 무심코 소리 내어 말한 듯한 느낌이었다.

그래도 괜찮을지도 모르지만, 우리는 끔찍하게 오래 알고 지낸 허물없는 소꿉친구로서 쭉 살아왔으니까. 그렇기 때문에 오히려 이런 타이밍은 정식으로 완벽하게 잡고 싶었다. 나는 그렇게 생각했다.

"──미안. 사실 이런 것은 좀 더 제대로 전하고 싶어. 그러니까 조금만 더 시간을 줄래?"

이쪽을 쳐다보는 토이로는 아직도 눈을 크게 뜨고 있었다. 그 눈동자가 어느새 촉촉하게 젖은 것처럼 빛났다. 그 입가가 살짝 떨리더니, 토이로는 침을 꿀꺽 삼키고 목소리를 짜냈다.

"응⋯⋯!"

나는 또다시 토이로를 꽉 끌어안았다. 그 머리에 살포시 손을 올려놓고 딱 한 번 머리카락을 쓰다듬었다. 지금은 이렇게 할 수밖에 없다고 생각했다.

"응, 응!"

내 품속에서 옷깃에 얼굴을 묻은 채, 토이로가 몇 번이나 끄덕거리는 것이 느껴졌다.

"기다릴게. 마사이치."

후기

지금 우리 집에서 같이 사는 거북이가 있는데요. 저를 엄청나게 잘 따라서 귀엽습니다.

레이저백 사향 거북, 두 살. 이름은 카메 군이라고 하는데요…….

제가 아침에 일어나 불을 켜면, 카메 군은 수조 속의 자기 집에서 슬그머니 얼굴을 내밀고 참방참방 헤엄을 치기 시작합니다. 제가 집에 돌아오면 참방참방. 목욕하고 나와서 다가가면 참방참방. 밤에 잠자기 전에 수조 앞을 지나가면 참방참방참방.

제가 다가가면 물을 튀기면서 기뻐한다니까요. 귀여워.

이 이야기를 친구한테 해줬더니 그 녀석이 이렇게 말했습니다.

『그건 '밥 줘 댄스'야.』

뭔 소리야? 하고 놀라서 얼른 검색해봤습니다.

거북이가 "밥 줘—!" 하고 물을 심하게 튀기면서 주인에게 어필하는 것──을 밥 줘 댄스라고 부른다더군요.

넌 그냥 밥이 먹고 싶었던 거냐.

혹시나 해서 사료를 잔뜩 주고 지켜봤는데요. 제가 가까이 다가가도 전혀 반응이 없었습니다. 자기 집 안에서 가만히 있었어요.

야, 넌 나를 밥 주는 사람이라고만 생각했던 거냐?!

아, 아냐, 그럴 리가 없어. 저는 애정을 확인하기 위해 거북이와 스킨십을 해보기로 했습니다. 등껍질을 잡아서 내 손바닥에 올려놓으려고 손가락을 내밀었는데——그 순간 거북이가 확 깨물었습니다. 손가락 먹히는 줄 알았어요.

저를 잘 따른다? 밥 주는 사람이라고 생각한다? 아뇨, 아닙니다. 밥 그 자체라고 생각했던 겁니다. 저놈이 진짜…….

그럼 감사 인사를 드리겠습니다.

시오 카즈노코 선생님, 이번에도 멋진 일러스트를 그려주셔서 감사합니다. 원고 마감을 무사히 끝낸 다음부터는 매일매일 그저 '예쁜 일러스트가 언제 오려나?' 하고 기다리면서 즐거운 시간을 보냈습니다. 담당자 S님, 언제나 정말로 신세를 지고 있습니다. 이번 작품도 여러모로 도와주셔서 감사합니다.

그리고 〈차라리 사귈까?〉는 〈이웃집 영 점프〉에서 만화로 연재되고 있습니다. 현재 단행본도 나왔어요. 만화가니시지마 레이 선생님, 늘 감사합니다.

끝으로 독자 여러분. 이렇게 책의 마지막 페이지까지 함께해주셔서 감사합니다. 재미있게 보셨으면 좋겠어요. SNS도 보고 있으니까 감상 같은 것을 적어주신다면 기쁠 거예요!

카노다 키즈

Ne, Mouisso Tsukiattyau?
Osananajimi no Bisyoujo ni Tanomarete, Kamohurakareshi Hajimemashita 4
©Kizu Kanoda
Originally published in Japan in 2023 by HOBBY JAPAN CO., Ltd.
Korean translation rights ©2023 by Somy Media, Inc.

있잖아, 우리 차라리 사귈까? 4 소꿉친구인 미소녀의 부탁을 받고 위장 남친이 되었습니다

2023년 11월 15일 1판 1쇄 발행

저　　　자 카노다 키즈
일 러 스 트 시오 카즈노코
옮 긴 이 한수진
발 행 인 유재옥
이　　　사 조병권
출판본부장 박광운
편 집 1 팀 박광운
편 집 2 팀 정영길 조찬희 박치우 정지원
편 집 3 팀 오준영 이해빈 이소의
디자인랩팀 김보라 박민솔
디지털사업팀 박상섭 김지연 윤희진
라이츠사업팀 김정미 맹미영 이윤서
영업마케팅팀 최원석 박수진 박소연
물 류 팀 허석용 백철기
경영지원팀 최정연
인쇄제작처 ㈜코리아피엔피
발 행 처 ㈜소미미디어
등　　　록 제2015-000008호
주　　　소 서울시 마포구 토정로222, 403호 (신수동, 한국출판콘텐츠센터)
판매 및 마케팅 (070) 8822-2301

ISBN 979-11-384-8072-7 04830
ISBN 979-11-384-1220-9 (세트)